Tobias Premper

Erst einmal für immer

ROMAN | STEIDL

BERLIN KURIER

VON GRAUSAMER SCHÖNHEIT

ZUM TOD VON ROLAND STEINBERG

Berlin – Er habe stets mindestens einen leeren Koffer in seiner Wohnung griffbereit gehabt, um ein ganzes Lebenswerk darin aufzubewahren, hat Roland Steinberg einmal bekannt. Zum Tod des Künstlers, der eine Reihe fiktiver Außenseiter zur Literaturgeschichte hinzufügte.

VON ANNA NIEHM

Anton Schmidt ist verschwunden. In seinem Ein-Zimmer-Apartment, das er zur Untermiete bewohnt, hinterlässt er keine persönlichen Dinge, nur einen Koffer, der unscheinbar unter dem Schreibtisch steht, als gehöre er zur Einrichtung. In diesem Koffer befinden sich unzählige Bleistiftstummel, vier Kaffeedosen mit Asche, Schreibutensilien und ein Notizbuch. Es ist davon auszugehen, dass Schmidt, der als Schriftsteller niemals öffentlich in Erscheinung getreten ist, sein gesamtes literarisches Werk verbrannt hat. Von Schmidt selbst fehlt jede Spur.

So weit die Geschichte. Es wird die letzte sein, die Roland Steinberg erzählt hat. Zu sehen sind diese und siebenunddreißig weitere Arbeiten in der nun verlängerten Steinberg-Ausstellung im Hamburger Kunstsalon. Sie zeigen Steinbergs Lebenswerk und damit auch die skurrilen Lebenswerke seiner Außenseiterfiguren, die immer eines gemeinsam haben: eine besessene Liebe zur Literatur. Es sind verhinderte, zweifelnde, gescheiterte, manchmal auch einfach still und abgeschieden vor sich hin arbeitende Schriftsteller oder besser: Schreibende, deren fiktives Werk Steinberg erfunden und stets handlich in einen Koffer gelegt hat: die Asche der Manuskripte von Anton Schmidt, die geschwärzten Reclamhefte des Rafael Hausmann oder das Versepos des Walter Weisemann. Steinberg dehnt mit seinen Kofferarbeiten dabei die Grenzen zwischen Realität und Fiktion, er schafft Denkräume voller Fantasie.

Roland Steinberg entstammte einer bekannten norddeutschen Hutmacher-Dynastie, die für ihre Fedora-Hüte berühmt war. Mit dem Tod ihres Direktors vor vier Jahren, der den Namen Roland Steinberg an den Sohn weitergegeben hatte, endete eine 175jährige Tradition, das Unternehmen wurde nach Übersee verkauft.

Über den als medienscheu geltenden Künstler ist nicht viel bekannt. Er lebte unauffällig in und mit seiner Familie aus erfundenen Figuren. Als unbeschriebenes Blatt in Kunst- oder Literaturkreisen erfuhr er in den letzten Jahren einen rasanten Aufstieg, dessen Ende auch nach seinem frühen Tod nicht abzusehen ist. Seinen ersten Koffer stellte Steinberg noch auf eigene Faust ins Schaufenster eines leerstehenden Ladengeschäfts in Charlottenburg. Wenig später wurde er schon von dem legendären Galeristen Lionel Herzog (Berlin, New York) vertreten.

Alle achtunddreißig Außenseitergeschichten sind bereits als Bücher erschienen, einige von ihnen umfassen mehrere hundert, andere gerade einmal ein Dutzend Seiten. Steinberg selbst bemerkte dazu, dass nicht unbedingt die Koffer, sondern diese Dokumentationsbücher die eigentlichen Kunstwerke seien. Sie würden „die erbarmungslose Entschlossenheit der Schreibenden und die unerbittliche Durchführung ihrer Gedanken“ am besten zeigen. Steinbergs Figuren haben ohne Rücksicht auf einen möglichen Leser bis an ihr Lebensende literarische Ziele verfolgt. Manche sind dabei aufgeblüht, andere daran zugrunde gegangen. Was Steinberg in seiner fünfjährigen Schaffensphase erarbeitet hat, ist von einer besonderen, aber grausamen Schönheit.

Roland Steinberg starb am vergangenen Sonntag im Alter von zweiundvierzig Jahren in Berlin.

Roland, Roland, Roland, Roland

Gegen Mittag fuhren vier schwarze Mercedes-Limousinen mit Berliner Kennzeichen durch das Südheidedorf Marwede. Keiner der einhundertachtunddreißig Anwohner schenkte ihnen Beachtung. Sie schliefen oder arbeiteten oder es war ihnen egal. Es war auch möglich, dass niemand die Wagenkolonne überhaupt bemerkt hatte. Marwede war das schönste Dorf der Welt, zumindest Europas, Deutschlands, Norddeutschlands, Niedersachsens oder seiner Sandgemeinden, ein gottverlassenes Nest, in dem sich niemand um Dinge scherte, die sich auf dem Nachbargrundstück zutrugen.

Die Limousinen passierten die tausendjährige Marweder Mühle und hielten am nördlichen Dorfausgang gegenüber eines Bauernhauses. Daran grenzte ein brach liegendes, mit allerlei Gesträuch und Gestrüpp wild bewachsenes Feld. Wenn die Heideblütenzeit vorbei war, glich die ganze Gegend einem solchen Feld. Wie auf einen unsichtbaren Befehl hin öffneten sich die Fahrertüren der Limousinen, und vier Chauffeure mit schwarzen Mützen und weißen Handschuhen stiegen aus. Sie gingen um die Hecks der Wagen herum und öffneten die hinteren Türen. Jeweils zwei Männer und zwei

Frauen stiegen aus, ihre Gesichter von Pappmasken verdeckt, die das Konterfei Roland Steinbergs zeigten. Die Maskenmänner, Pierre Klein und Edgar Flint, trugen schwarze Anzüge, die Maskenfrauen, Katharina Bruns und Laura Mistral, schwarze Kleider.

»Roland«, sagte Laura mit leiser, zarter Stimme, und die anderen drei sahen mit erstarrten Mienen zu ihr hin. Edgar war zum Lachen zumute, aber er lachte nicht. Schließlich war er einer der Rolands.

Die Chauffeure schlossen die Wagentüren und bedeuteten Roland, Roland, Roland und Roland, in Richtung des Feldes zu gehen. Dort stand ein unmaskierter Mann, der einen schwarzen Tweedanzug trug und wie ein Filmstar aus dem Hollywood der 1930er Jahre aussah. Die dunklen mittellangen Haare waren nach hinten gekämmt, der Schnauzer kurz und schmal getrimmt. Er stellte sich als Karl Durant vor und bat sie, ihm aufs Feld zu folgen.

Vier Stühle, ein Tischchen, ein Loch im Boden und eine Urne. Das Loch hatte einen Durchmesser von einem Meter, daneben lagen eine Schaufel und ein frischer Haufen Erde, genau so viel, wie jemand gebraucht hatte, um das Loch auszuheben. Die Urne bestand aus rostrotem, unglasiertem Ton. Sie enthielt die Asche von Roland Steinberg.

Edgar Flint war Jazztrompeter. Sein Quintett hatte es mit einem guten Dutzend Einspielungen zu einigem Ruhm gebracht, und auch als Sideman genoss er Anerkennung. Roland hatte ihn nach einem seiner Konzerte in Berlin angesprochen, und die beiden wurden schnell Freunde. Einmal hatte Edgar Roland gebeten, ihn vom Flughafen abzuholen. Als Edgar auf sein Gepäck wartete, hatte er Roland schon gesehen, wie er in der Ankunftshalle abseits der anderen

Wartenden auf einer Bank saß und eine Zigarette rauchte. Diejenigen, die ihr Gepäck als Erste bekommen hatten und durch die verwaiste Passkontrolle gingen, wurden von Freunden oder Familie sogleich umarmt und ausgefragt. Als Edgar durch die offen stehende Schiebetür kam, streckte Roland ihm stumm seine Hand entgegen, die Edgar kurz und fest drückte. Roland hatte Edgars Reisetasche geschultert und ihn zu dessen Wohnung gefahren, ohne dass sie während der halbstündigen Fahrt ein einziges Wort wechselten. Als Edgar aussteigen wollte, hatte Roland ihm seine Hand auf die Schulter gelegt und ihm zugenickt. Edgar dachte, Roland sei sein *stiller Freund*, sein einziger.

Zwei Tage vor der Beerdigung hatte Edgar per Einschreiben einen Brief von Karl Durant erhalten, der sich als Rolands Anwalt vorstellte. Von Rolands Tod hatte Edgar aber schon aus der Zeitung erfahren. Nach dem Lesen des Artikels war Edgar ziellos an der Spree entlanggegangen, bis er sich an deren Mündung in die Havel in Spandau wiederfand, gedankenlos am Ufer sitzend. Irgendwann hatte er seinen Arm gespürt, an dem sich seine Hand mit dem zusammengeknüllten Artikel befand, und er hatte gedacht, dieser Arm und diese Hand gehörten nicht zu ihm.

Durant schrieb, die Beerdigung sei am Freitag. Die Verlesung des Testaments ebenfalls. Er schrieb auch, er habe Informationen über Steinberg und seinen Tod, die er nur mit einer Handvoll anderer zu teilen bereit sei. Sollte Edgar sich dazu entschließen, an der Beerdigung teilzunehmen, möge er Durant anrufen, er werde ihm einen Wagen schicken. Sollte sich Edgar dagegen entscheiden, würde er leer ausgehen, was Rolands Worte seien, so Durant in seinem Schreiben. Edgar hatte daraufhin das Telefon von der Station genommen und Durants Nummer gewählt.

Am Morgen der Beerdigung hatte Edgar auf dem Bett liegend Zigaretten geraucht und an Roland gedacht. Er sah ihn vor sich wie damals, als er ihn vom Flughafen abgeholt hatte. Ein guter Tag war das.

Nach dem Duschen zog Edgar einen schwarzen Anzug an, dazu passende schwarze Schuhe und ein schwarzes Hemd. Keine Krawatte.

Unten auf der Straße parkte eine schwarze Mercedes-Limousine, Nachkriegszeit, chromverziert, blitzblank. Der Chauffeur stand neben dem Wagen und öffnete die hintere Tür. Edgar machte exakt fünfzehn Schritte zur Limousine. Beim vierten Schritt zog er seine Sonnenbrille heraus, beim sechsten setzte er sie auf, beim achten sah er nach links, beim neunten nach rechts, beim elften dachte er an einen heißen Kaffee, beim zwölften an einen großen heißen Kaffee, beim vierzehnten wurde er vom Fahrer mit Namen begrüßt und beim fünfzehnten Schritt grüßte er ohne Namen zurück. Als Edgar in der Limousine saß, fühlte er sich wie ein Direktor, mit Melone und Spazierstock. Und mit Krawatte.

Edgar fragte den Chauffeur, um welches Modell es sich bei dem Mercedes handelte und ärgerte sich im nächsten Moment darüber, weil er dachte, jeder ahnungslose Hund würde ihm immer sofort dieselbe Frage stellen, um ein Gespräch anzufangen. Der Chauffeur nannte Edgar Modell, Baureihe, Typ und Baujahr. Edgar konnte allerdings nur mit der Jahreszahl 1957 etwas anfangen, die ihn auf Repräsentationslust nach dem Krieg schließen ließ. Der Chauffeur sagte, es handle sich um die sogenannte Adenauer-Limousine, besonders beliebt bei Politikern und Diktatoren.

Durant hatte Edgar am Telefon gesagt, er müsse mit einer dreistündigen Fahrt rechnen, und deshalb bat Edgar den Chauffeur, an einer Bäckerei anzuhalten, wo Edgar einen großen schwarzen Kaffee, zwei Croissants und ein Schinkenbrot kaufte.

Auf Edgars Frage, ob noch andere an der Beerdigung teilnehmen würden, hatte Durant mit *selbstverständlich* geantwortet. In Bezug auf Namen und Fahrziel hatte Durant allerdings geschwiegen. Edgar wusste aber auch ohne Antwort, wer kommen würde.

Als der Chauffeur die Limousine wieder in Gang gesetzt hatte, fragte er, ob Edgar ein besonderes Klima wünsche, und Edgar hatte es ihm überlassen. Der Fahrer klappte den Rückspiegel hoch, und sie verließen Berlin Richtung Westen.

Edgar empfand die Fahrt als angenehm. Sie fuhren nicht zu schnell, ein Radio gab es nicht, auch kein Autotelefon, nur das konstante Schnurren von Adenauers schwarzer Katze. Um sich die Zeit zu vertreiben, benutzte Edgar den Stern auf der Motorhaube als Fadenkreuz, mit dem er andere Fahrzeuge vor ihnen ins Visier nahm und abschoss.

— Bernward Vesper umgebracht,

dachte Edgar,

— Gudrun Ensslin umgebracht, Dietrich Bonhoeffer umgebracht, Fritz Bauer umgebracht. Und du kutschierst hier in einer geliehenen Staatskarre durchs Land, nein, du wirst kutschiert.

Edgar spürte die Sonne im Rücken, und sie gab ihm Kraft, schob ihn und den Wagen weiter und alle möglichen Gedanken, auch die an Umkehr, beiseite.

— Du beerdigst deinen Freund, also reiß dich jetzt zusammen, du Unmensch, du Untier, du Unwesen,

dachte Edgar und nahm Haltung an.

Sie fuhren an ostdeutschen Städten vorbei, und kurz nachdem sie die einstmalige Grenze passiert hatten, überholten sie eine Limousine desselben Typs.

— In der Limousine sitzt jemand wie ich,

dachte Edgar, der denselben Brief von Karl Durant bekommen und dann ebenfalls zum Telefon gegriffen hat.

Hinter der Stadt des Löwen verließen die Limousinen die Autobahn und fuhren auf der Landstraße weiter nach Norden. Edgar dachte, Niedersachsen sei nichts weiter als ein knorriges und ruppiges Land mit linkischen und einfältigen Menschen. Aber im nächsten Augenblick relativierte er seine Gedanken und fragte sich, ob das nicht bloß an der Ödnis und Traurigkeit der Heidelandschaft lag, die er mit Niedersachsen verband.

Edgar fragte den Fahrer, ob die Limousine noch an ihnen dran sei, und der antwortete, es seien nun zwei. Und als Edgar sich umdrehte, bemerkte er eine dritte. Aus den Augenwinkeln sah er noch das Ortsschild, an dem sie vorbeifuhren.

— Marwede,

dachte Edgar,

— noch nie gehört.

Nachdem sie eine alte Mühle passiert hatten, hielt der Wagen gegenüber einem Bauernhaus. Der Chauffeur reichte Edgar einen Umschlag nach hinten und sagte, es handle sich um eine Nachricht von Karl Durant. Als Edgar den Umschlag öffnete und die Maske mit Rolands Konterfei fand, erschrak er kurz. Dann befolgte er Durants Anweisungen.

Roland, Roland, Roland und Roland standen neben dem Loch im Boden und der Urne. Edgar stieg Rosmarinduft in die Nase, und als er seinen Blick über das Feld schweifen ließ, entdeckte er auch einzelne Sträucher. Er fragte sich, wie die Urne ins Loch kommen sollte. Gab es eine Seil- oder Tuchkonstruktion, die er übersehen hatte oder die jemand noch bringen würde? Durant trug keine Maske, und Edgar fragte sich, wann er und die anderen ihre Masken abnehmen würden. Er beschloss, seine Maske auf keinen Fall in Gegenwart der anderen abzunehmen. Was auch passierte, er wollte seine Anonymität wahren.

— Teuflische Idee,

dachte Edgar hinter Rolands Gesicht,

— die anderen mit den Masken derart zu erniedrigen. Als gäbe es sie alle gar nicht als eigenständige Personen, sondern nur im Zusammenhang mit Roland. Herrliche Rache, herrlich schwarzer Humor.

Edgar selbst empfand die Maske eher als Schutz vor den anderen, an deren Trauer oder Leben er unter keinen Umständen teilhaben wollte. Er wollte nichts über Roland von ihnen erfahren, was Roland ihm nicht schon selbst erzählt hatte, und er wollte nichts über Roland preisgeben, was sie nichts anging. Wenn ihn nicht alles täuschte, handelte es sich bei den Anwesenden um Katharina, Rolands Exfrau, um ihren neuen Dackel Pierre, mit dem Roland befreundet gewesen war, und um Laura, mit der Roland zwei beinahe perfekte Tage verbracht hatte.

Katharina fragte Durant, ob sie die Urne in die Hand nehmen könne, und Durant antwortete, er sei Steinbergs Anwalt, kein Wachdienst oder Priester, es würde im Übrigen auch keine Brass Band kommen, obwohl Steinberg durchaus mit dem Gedanken gespielt habe. Durant sagte, er sei für einen reibungslosen Verlauf aller Angelegenheiten, die Roland Steinberg betrafen und betreffen, zuständig. Sie möge die Urne also gerne aufnehmen und weiterreichen.

Als Katharina und Roland sich kennenlernten, hatte Roland gerade das erste Jahr als leitender Reklamefachmann im größten Kaufhaus der Stadt hinter sich gebracht. An einem freien Nachmittag saß er in einem der unzähligen Kreuzberger Straßencafés und faltete aus einem Stück Zeitungspapier einen Kranich. Katharina begann gerade ihre Schicht, und als sie ihm einen Kaffee brachte, schenkte er ihr den Kranich. Mit einem Kranich könne sie nichts anfangen, sagte sie und gab ihm den Vogel zurück. Aber dann drehte sie sich beim Gehen noch einmal zu ihm um und sagte: »Aber mit tausend Kranichen.« Nach einer Woche kam Roland wieder ins Café. Über seiner Schulter trug er einen Sack mit tausend Kranichen, die er mit einer Gruppe japanischer Kinder gefaltet hatte. Danach versanken Roland und Katharina in eine andere Welt, ohne dass sie jemand anderem Zugang dazu gewährt hätten. Sie waren zwanzigtausend Meilen unter dem Meer abgetaucht, weltfremd und beschützt zugleich. Keine Schatten lagen auf ihrem Zusammensein, alles war neu und leicht, und sie waren ganz sanft miteinander. Zwei Monate später heirateten sie und mieteten eine Wohnung in einem Haus mit Garten am Stadtrand. Katharina gab ihren Job im Café auf und eröffnete einen Buchladen in Charlottenburg. Vier Jahre ging das gut, mit höchsten Höhen, tiefsten Tiefen und dem Alltäglichen, das dazwischen lag. Dann fand Katharina eines Abends zu Hause eine Nachricht von Roland, und ihr gemeinsames Hausdasein nahm ein abruptes Ende. Sie suchte nach Gründen, auch noch, als sie schon mit Pierre zusammen war. Aber sie fand nur noch mehr Fragen. Einunddreißig Jahre alt war sie da.

Etwa ein Jahr nach der Heirat lernte Roland, der einen Tag im Kaufhaus ausfallen ließ, Pierre an der Freien Universität bei einem Vortrag über absurdes Theater kennen. Pierre hatte den kleinen Veranstaltungsraum mit über zwanzig Minuten Verspätung betreten, seine Umhängetasche auf den Tisch gestellt und umständlich und geräuschvoll Papier, Stift und einen Apfel herausgekramt. Der Professor und die Zuhörenden hatten ihn ungläubig, aber ohne etwas zu sagen, angesehen. Roland lud Pierre nach dem Vortrag zum Kaffee ein, und Pierre lachte, als Roland ihm die fassungslosen Gesichter in allen Einzelheiten beschrieb.

Roland und Pierre vertrieben sich in der Folge oft die Zeit bis in die Morgenstunden hinein und lebten glückliche Tage. Ihre einzigen und stets mehr oder weniger geheim gehaltenen Begleiter waren Winnie und Willie, Meursault oder Garcin, allesamt aus Büchern, die sie sich gegenseitig vorlasen und aus denen sie rezitierten. Pierre sagte dann Dinge wie *Darauf warten, dass der Tag kommt, an dem das Fleisch schmilzt und die Nacht des Mondes soundsoviel hundert Stunden dauert*, worauf Roland mit *Das ist eine merkwürdige Beobachtung* antwortete. Oder Roland sagte *Du bist jetzt ein richtiger Kumpel*, worauf Pierre mit einem schlichten *Ja* antwortete. Im Sommer schlossen sie an solche Nächte auch ein paar Bahnen in einem Schwimmbad an, bevor Roland mit dem Ausruf *Also, machen wir weiter* zur Arbeit ging.

Roland dachte, dass sie sich gegenseitig den Rücken freihalten würden, wenn es notwendig sein würde. Aber je dichter er als Freund an Pierre heranrückte, desto weiter entfernten sie sich letztendlich voneinander, einmal sogar für etwas über ein Jahr. Diese Zeit fühlte sich für Roland an, als würde nicht ein Freund, sondern ein Feind hinter ihm stehen. Dann kam das Wiedersehen, und es war ebenso zufällig wie aufregend für beide, als sie sich auf einem Ausflugsdampfer in Wien begegneten und der eine dem anderen das letzte Jahr im Schnelldurchlauf erzählte.

Noch vor der Zwischenprüfung beschloss Pierre, sein Literaturstudium aufzugeben, und Roland schlug vor, gemeinsam eine Bar zu eröffnen. Per Handschlag machten sie das ab, und Roland kündigte sofort im Kaufhaus und begab sich auf die Suche nach einem passenden Ort. Als er ihn gefunden hatte, schnitt sich Roland mit seinem Taschenmesser in die Handinnenseite, um Blutsbrüderschaft zu schließen, aber Pierre lehnte ab. Einen Tag später gestand er Roland, dass er bei einer Berliner Tageszeitung angeheuert hatte. Roland machte Pierre keinen Vorwurf, aber sie trafen sich seltener und seltener, und nur mit Mühe bekam Roland seine alte Arbeit zurück.

Als Pierre erfuhr, dass Roland Katharina verlassen hatte, gab er ein paar Wochen den treuen Freund. Er unternahm Sachen mit ihr, fuhr mit ihr in den Harz und ins Wannseebad. Dann kam der Abend, an dem Katharina schwach wurde und ihn nach einer Theatervorstellung zu sich in ihre kleine Stadtwohnung einlud, auf ein Glas Wein, eine Tasse Kaffee, sie wolle ihm auch ein Buch von Demunddem ausleihen.

»Und das Buch?«, fragte Pierre, als sie den Wein ausgetrunken hatten.

»Kein Buch«, antwortete Katharina, und er stürzte sich auf sie wie eine Lawine und erstickte sie fast, aber sie wollte ihn auch, wollte vor allem nicht mehr allein sein, wollte Roland vergessen. Danach lagen sie wie Hunde auf dem Fußboden und jammerten und heulten und gaben überhaupt kein schönes Bild zusammen ab.

Aber sie würden alles daransetzen, Kurs auf ein Leben zu halten, das Roland bereits abgeschüttelt hatte.

Katharina reichte Pierre die Urne, und er stellte sie wieder zurück neben das Loch. Einer der Chauffeure brachte auf ein Zeichen von Karl Durant ein Tablett mit fünf Gläsern und einer Flasche Champagner. Durant schenkte ein und schlug vor, auf Roland Steinberg anzustoßen.

»Dann auf Roland Steinberg«, sagte Edgar schnell, schob die Maske bis über den Mund nach oben und trank das Glas ohne anzustoßen in einem Zug leer. Edgar goss den Rest der Flasche über die Urne und ins Loch, warf die Flasche hinein und sein Glas hinterher. Nachdem die anderen Rolands ausgetrunken hatten, warfen sie ebenfalls ihre Gläser. Nur Durant hatte sein Glas in der Hand behalten, als Einziger den erstklassigen Champagner in kleinen Schlucken getrunken und das Glas wieder aufs Tablett gestellt.

Dann ließ Durant ohne Vorwarnung die Bombe platzen. Roland Steinberg sei keines natürlichen Todes gestorben, sagte er, sondern habe sich erschossen.

Der eine männliche Roland, Pierre, legte dem anderen weiblichen Roland, Katharina, den Arm auf die Schulter und sagte etwas, das nicht zu verstehen war. Sie schluchzte dann, viele Male noch. Laura stand da wie eine Statue, die ein Liebespaar zeigt, nur dass Roland herausgemeißelt worden war. Und Edgar schob vorsichtig die Maske nach oben und steckte sich eine Zigarette an.

Durant sagte, Steinberg habe ihn mit allen geschäftlichen Angelegenheiten beauftragt. Er habe dies schriftlich und en détail vor seinem Selbstmord getan. Durant habe sich danach an die Polizei gewandt, die ihn als Steinbergs Anwalt mit einbezogen habe. Mit dem von Steinberg beigelegten Schlüssel hätten die Polizei und Durant die Wohnung geöffnet und Steinberg tot vorgefunden.

Roland Steinberg habe Durant gebeten, keine Todesanzeige aufzugeben, sondern eine vorformulierte Meldung an die dpa zu senden, mit einem Herzinfarkt als Todesursache. Er habe Durant angewiesen, den Anwesenden die Briefe zu senden und, sollten sie sich dafür entscheiden, an der Beerdigung teilzunehmen, alles Nötige zu veranlassen. Die Polizisten und den Arzt, der den Totenschein ausgestellt hatte, habe Durant mit hohen Summen bestechen müssen, Stillschweigen zu bewahren. Durant habe Steinberg auf dessen Wunsch in Berlin einäschern lassen. Diese Tempelhofer Hinterhofbruchbude habe auf Durant zwar eher den Eindruck eines Tierkrematoriums als eines seriösen Unternehmens gemacht, er habe sich aber an Steinbergs Wunsch gehalten.

Durant sah Roland, Roland, Roland und Roland an, aber keiner der vier sagte etwas. Der Anwalt fuhr fort, er wolle nun zur Verlesung des Testaments kommen. Es beinhalte neben vier verschlossenen Umschlägen mit den Namen der Anwesenden darauf noch eine Mitteilung, die Durant nun vorlesen solle:

Ein wirklicher Neuanfang ist für mich ausgeschlossen. Ein Mann kann allem entkommen und alles hinter sich lassen, nur sich selbst nicht. Ich weiß nicht, warum ich und niemand weiß, warum er sterben muss. Das ist die Tragik des Lebens. Ein Mann muss seinen Frieden damit machen und wissen, wann er abzutreten hat. Roland Steinberg

Anschließend händigte Durant den vier Rolands die Umschläge aus und sagte, es sei Steinbergs Wunsch gewesen, dass seine Asche auf dem Feld verstreut und anschließend die leere Urne vergraben werde. Dann ging alles sehr schnell. Durant sagte, das Haus neben dem Feld stehe ihnen über Nacht uneingeschränkt zur Verfügung. Die Fahrer würden sie spätestens am nächsten Tag wieder zurück nach Berlin bringen oder wohin sie es wünschten. Er habe seine Aufgaben erfüllt und überlasse ihnen nun die Wünsche und sterblichen Überreste Roland Steinbergs.

Karl Durant verabschiedete sich mit einem einfachen Nicken und ging über das Feld zu einer Gruppe von Bäumen, hinter der er verschwand. Ein Motor wurde gestartet, und ein Auto, das nicht zu sehen war, fuhr an. Das Motorengeräusch wurde leiser und leiser und verschwand schließlich ganz.

Edgar wusste nicht, was er von all dem halten sollte. Karl Durant hatte gesagt, Roland habe sich erschossen. Diese letzten Sätze aus Rolands Mitteilung hatten tragisch geklungen. Oder sollten sie nur tragisch klingen? *Ein Mann muss wissen, wann er abzutreten hat.* Das klang für Edgar nach Hemingway, aber nicht nach Roland. Und warum sollte ein wirklicher Neuanfang für Roland ausgeschlossen gewesen sein? Als wäre er zu einer seiner eigenen Kunstfiguren geworden. Vor zehn Tagen hatten Edgar und Roland noch in Tokio nach einem Konzert von Edgars Quintett zusammengesessen, und Roland hatte ihm davon erzählt, er wolle seinen eigenen Rhythmus finden.

In Edgar stieg Wut auf, aber er fand nichts, woran er sie hätte auslassen können. Er dachte, es gäbe an diesem verlassenen Ort nichts mehr für ihn zu finden, was mit Roland und der Wahrheit über seinen Tod zusammenhing. Nur die Einsicht, er müsse so schnell wie möglich fort, weit fort und noch weiter.

Als Edgar zur Limousine ging, rief ihm Pierre etwas zu, das er nicht verstand und das er unbeantwortet ließ. Er stieg ein, riss sich sofort die Maske vom Gesicht und bat den Chauffeur, umgehend loszufahren. Nachdem sie die Mühle und das Dorf hinter sich gelassen hatten, fragte der Fahrer, ob Edgar ein Glas Champagner wünsche.

Edgar trank und las Rolands Brief.

Mein lieber Edgar, heute bin ich zu den Menschen ins Schneeland gegangen und selber Schnee geworden. Dein Roland

Edgar dachte, das könne alles bedeuten. Seine größte Angst war nicht, Roland nie wieder zu sehen. Seine größte Angst war die, ein Mensch wie Roland könne nicht mehr auf dieser Erde weilen.

Nachdem Karl Durant und Edgar abgefahren waren, nahm Laura ihre Maske ab, unter der sie zu ersticken drohte. Sie hatte jetzt das Gefühl, freier atmen zu können.

— Was zum Teufel,

dachte Laura, denn sie konnte weder mit dem Roland, der gerade abgefahren waren, noch mit den beiden Rolands, die geblieben waren, etwas anfangen. Sie wollte es auch gar nicht. Sie wollte auf Abstand gehen. Einen klaren Gedanken fassen.

— Klopf, klopf,

begann sie und fuhr selber fort:

— wer da? Roland, Roland, Roland und Roland!

Laura begann zu lachen. Roland und Roland lachten nicht mit. Das Eis würde nicht brechen, sollte auch gar nicht brechen. Laura dachte, diese Beerdigung sei ein Geschenk von Roland an sie gewesen, damit sie ihn loslassen könne.

— Du ziehst mich noch einmal ganz dicht an dich ran, so wie du das vor zwei Wochen vorm Museum in Hamburg getan hast. Du bist von allem weg und nur zu mir hin.

Laura nahm die Urne in die Hand und schüttelte sie ein wenig, um die Asche darin zu spüren.

»Mach's gut, mein Hübscher«, hauchte sie, ohne dass es die beiden anderen hörten.

»Roland, Anton Schmidt, wie auch immer du heißt und wo immer du sein magst. Schön, dass du noch einmal an mich gedacht hast.«

Dann stellte sie die Urne ab und ging wortlos über das Feld, über das auch Karl Durant gegangen war und verschwand zwischen den Bäumen.

Pierre fragte Katharina, ob sie ihre Masken abnehmen sollten, aber Katharina wollte nicht. Noch nicht.

»Irgendwann muss diese Maskerade doch ein Ende haben«, sagte Pierre ärgerlich, unruhig auch.

»Es ist nicht bloß eine Maskerade«, sagte Katharina, »es ist eine Erniedrigung.«

»Ja, eine Erniedrigung«, stimmte Pierre ein und wollte die Maske abnehmen.

»Einen Moment noch. Lass Roland seine Erniedrigung haben. Dafür bekommen wir endlich unsere Ruhe vor ihm.«

»Ruhe?«

»Vor seinem Blick auf uns, auch ohne dass er anwesend ist. Vor seinem Blick, der uns und alles, was wir sind, verachtet.«

»Ja.«

»Deshalb sind wir doch hergekommen. Um endlich abzuschließen. Mit Roland und mir, Roland und dir. Für uns.«

Pierre umarmte sie, und so standen sie eine Weile da. Ein Eichhörnchen huschte an ihnen vorbei, ein Rabe näherte sich ihnen und ein Wildschwein konnte sie auf einen Kilometer aus dem sicheren Unterholz wittern.

»Ich weiß übrigens, wer die Frau ist«, sagte Pierre, »Laura Mistral. Die müsstest *du* doch kennen.«

»Das ist die Mistral? Sieht ganz anders aus als auf den Fotos in ihren Büchern«, sagte Katharina. »Hat dir Roland mal von ihr erzählt?«

Pierre schüttelte den Kopf.

»Hast du ihr neues Buch im Laden? Vielleicht steht etwas über Roland drin.«

»Und wenn schon«, sagte Katharina und wandte sich von Pierre ab, um sich nur eine Sekunde später wieder mit einem großen Schwung zu ihm hinzudrehen.

»Das letzte Mal habe ich Roland voriges Jahr im Frühling bei mir in der kleinen Wohnung am Hohenzollernkanal gesehen«, begann Katharina zu erzählen.

»Stand vor der Tür und hat geklopft. Sagte, er sei unterwegs mit seinem Alfa, ob ich eine Runde mit ihm drehen wolle. Als ich aus dem Fenster geguckt habe, sah ich eine junge Frau auf dem Beifahrersitz, die sich die Lippen nachgezogen und geraucht hat. Roland ist dann ins Bad gegangen und mit seiner alten Badehose wieder rausgekommen. Alles bloß Spaß, sagte er, küsste mich flüchtig auf die Wange und verschwand. Von unten hat er dann mit der Badehose in der Hand zu mir heraufgewunken, stieg ins Auto und fuhr über die Brücke Richtung Westhafen. Das muss die Mistral gewesen sein.«

»Wenn das im April war, wird sie's nicht gewesen sein«, sagte Pierre.

»Wieso, hat er dir also doch von ihr erzählt?«

»Nein, wir hatten doch schon jahrelang keinen Kontakt mehr. Schon bevor das mit seinen Koffern begann. Aber ich habe einen Artikel über seine Ausstellung in Rom gelesen.«

»Und die Frau im Auto?«

»War eine Journalistin vom *Stern*, die mit ihm nach Rom gefahren ist und den Artikel geschrieben hat.«

Laura ging durch das Wäldchen, das sich an die Wiese anschloss, auf der sie Roland und Roland hinter sich gelassen hatte. Sie fühlte sich unverwundbar und so, als könne sie den ganzen Weg zurück nach Berlin zu Fuß gehen, auf einem Bein sogar, wenn es nötig sein sollte. Aber schon nach ein paar hundert Metern kam sie zu einem See. Ein Erwachsener hätte vielleicht von Ufer zu Ufer schwimmen können, als gut trainierter Schwimmer. Für ein Kind dagegen musste der See einem Meer gleichen, das ruhig und schier unendlich vor ihm lag. Anstatt um den See herum und weiter zu gehen, suchte Laura sich einen Platz am Ufer, an dem sie ausruhen konnte. Etwas weiter entfernt ragte ein Holzsteg ins Wasser.

— Keine Boote, die daran angeleint sind und auch keine Kinder, die mit Anlauf vom Steg ins Wasser springen. Einfach nur ein einsamer Steg,

dachte Laura, und die Kraft wich aus ihr. Dann schlief sie ein.

In ihrem Traum steht Laura auf dem Steg. Neben ihr springt ein Stein über die Wasseroberfläche. Am Ufer steht Roland, der einen weiteren Stein springen lässt und ihm staunend nachsieht.

»Achtzehn Mal, hast du's gesehen?«, sagt Roland und kommt zu ihr auf den Steg.

»Ich hab gedacht, du schläfst noch«, sagt Laura.

»Schau mal, wie groß die Kreise werden«, sagt er und küsst sie auf den Hals.

Laura küsst ihn auf die Stirn, auf die Wangen, wie um sich zu vergewissern, dass er auch wirklich da ist, und dann spürt sie seine Lippen auf ihren. Plötzlich schubst sie ihn von sich.

»Siehst du, der See ist noch da. Er ist gar nicht verschwunden, wie du behauptet hast. Und vielleicht ist er gar nicht endlos tief und besitzt einen Grund.«

»Wenn wir bleiben, geben wir ihm einen Grund«, sagt Roland.

»Lass noch einen für mich springen«, sagt Laura und folgt dem Stein und den Kreisen, erst mit ihrem Blick, dann mit ihrem Körper. Knietief im Wasser stehend, taucht sie hinein, macht ein paar kräftige Züge und dreht sich auf den Rücken.

— Das Licht am späten Nachmittag, ich liebe es, und ich liebe ihn in diesem Licht.

Langsam schwimmt sie weiter hinaus, immer weiter, bis Roland kleiner und kleiner am Ufer erscheint.

— Wie ich dich -,

beginnt sie den Gedanken,

— so sehr.

Roland ruft nach ihr, aber sie versteht ihn nicht.

— Was sagst du da, Liebster?

Sie schwimmt, als wäre sie in eine Strömung geraten, die sie immer weiter auf den See hinauszieht. Dann lässt sie sich treiben und versinkt im grenzenlosen Blau des Himmels.

— Dann bleiben wir,

denkt sie.

Langsam erwachte Laura und konnte Roland und sich noch einen Augenblick spüren. Aber es dauerte nur ein Blinzeln und er war vergangen. Sie las Rolands Abschiedsbrief.

Meine Liebe, heute bin ich zu Anton Schmidt gegangen. Besuch mich dort einmal. Roland

Laura ließ den Brief aus den Händen gleiten, zog sich aus und ging zum Steg. Von dort ließ sie sich ins Wasser fallen, und als sie wieder an die Oberfläche kam, schwamm sie hinaus. Sie würde doch den Wagen zurück in die Stadt nehmen.

Edgar saß in der Limousine und trank Champagner. Er dachte an seine erste Begegnung mit Mila vor sieben Jahren und einhundertdreiundfünfzig Tagen. Mila war eine Israelin, die Edgar auf dem New Yorker Flughafen JFK kennengelernt hatte, als sie ihn bat, kurz auf ihre Tasche achtzugeben. Einige Minuten später kam sie mit einer Zeitung und zwei Tüten Eis wieder, und Edgar dachte, so eine begegnet ihm im Leben nur einmal. Mila war Kind, Frau und Dame, in einem Moment grob, störrisch und unnachgiebig, im nächsten weich, zart und fein, und sie trug ihr geblümtes Kleidchen wie eine von Gott gesegnete Bettlerin. Die Farben von Milas und Edgars Augen passten zusammen, ihre Haare und ihre Körper auch, und sogar der Klang ihrer Stimmen ergab eine Melodie, die wie eine Komposition von Duke Ellington klang, gespielt von Eric Dolphy auf der Bassklarinette und Richard Davis am Bass. Aber Edgar hatte nach seinen Studienjahren an der New Yorker New School und den Reisen durch die Clubs des ganzen Landes Heimweh bekommen. Er war nicht mit Mila weiter nach Tel Aviv geflogen. Er hatte sie nicht geküsst und nicht um ihre Hand angehalten, sondern war sentimental geworden und nach Berlin zurückgekehrt. Er hatte damals schon geahnt, dass es ein Fehler war, nicht bei ihr zu bleiben. Aber Edgar hatte in solchen Dingen immer länger gebraucht als andere.

— Das war ein großer Fehler, *dein* Fehler, dein *größter* Fehler,

dachte Edgar, und er stellte sich vor, nie wieder einen Tag ohne Mila zu verbringen.

In Berlin angekommen, parkte der Fahrer den Wagen vor Edgars Wohnung, und Edgar bat ihn, kurz zu warten und ihn dann zum Flughafen Tegel zu fahren. Er wollte gerade ansetzen und ihm von Mila erzählen, aber der Chauffeur lenkte ein, es sei keine Erklärung notwendig, er werde ihn selbstverständlich fahren.

Im vierten Stock warf Edgar einen Koffer aufs Bett und packte das Nötigste. Er hängte sich ein silbernes Amulett um den Hals, in dem sich ein originales Schriftstück des englischen Dichters William Blake befand, der das zweite Gesicht besaß und Visionen einer Welt hatte, in der das Böse nicht existierte. Edgars Mutter hatte es von ihrer Mutter erhalten und es Edgar als Talisman hinterlassen. Als Letztes griff Edgar nach seiner Trompete. Einen Koffer oder eine Tasche hatte er dafür noch nie besessen.

Nach einer Viertelstunde kam Edgar mit einer Zigarette zwischen den Lippen wieder herunter. Der Chauffeur stand vor der Limousine und rauchte ebenfalls. Er deutete auf die Zigarette, dann auf den Wagen und winkte mit seinem Zeigefinger. Edgar verstand, und wortlos rauchten sie gemeinsam.

In Tegel angekommen, verabschiedeten sie sich voneinander.

»Auf Nimmerwiedersehen!«, sagte Edgar.

Der Chauffeur verstand und nickte.

Edgar verließ Berlin und Deutschland und flog nach Tel Aviv. Er spürte, dass es richtig so war. Und hoffte, Glück zu haben. Sieben Jahre und einhundertdreiundfünfzig Tage waren eine lange Zeit. Es war möglich, dass sich Mila nicht mehr an ihn erinnerte. Als seine Maschine abhob, sah er Milas Rücken, wie sie damals durch ihr Gate zum Flugzeug gegangen war, ohne sich nach ihm umzudrehen. Zu jemandem, der nicht mit einem geht, dreht man sich nicht um.

— In Deutschland kann und will ich nicht mehr leben, dachte Edgar,

— nicht auf dem Land und nicht in der Stadt. Überall bloß unerträgliche Enge und Dunkelheit in den Herzen der Menschen.

In Tel Aviv angekommen, war Edgar voller Ungeduld, Mila wiederzusehen. Er machte größere und größere Schritte, und wenn er Treppenstufen sah, nahm er immer zwei auf einmal, bevor er sich zur Langsamkeit ermahnte. Edgar fand ein Taxi und fragte, ob er in Dollar bezahlen könne, ein israelischer Schekel zu einem halben Dollar. Der Taxifahrer willigte ein. Edgar nannte ihm die Adresse, die ihm Mila damals aufgeschrieben hatte. Der Wagen hielt vor einem unscheinbaren, dreistöckigen Mietshaus, Neubau mit bepflanztem Vorgarten. Was, wenn er ihren Namen nicht auf dem Klingelschild fände, Mila Orleans. Wenn er seinen Blick jetzt auf das Klingelschild richtete, könnte darauf ihr Name stehen, würde darauf ihr Name stehen, er musste es einfach. Und tatsächlich, dort stand er. Edgars Herz machte einen dreifachen Überschlag, und er nutzte das aus und klingelte.

Mila erkannte Edgar. Und Edgar erkannte Mila. Die Farben ihrer Augen passten noch immer zusammen, ihre Haarfarben und ihre Statur auch. Es war, als wäre nicht ein einziger Tag seit New York vergangen. Und als Mila *Edgar* sagte und Edgar *Mila*, ergaben ihre Stimmen eine Melodie, die wie eine Komposition von Duke Ellington klang, gespielt von Eric Dolphy auf der Bassklarinette und Richard Davis am Bass. Edgar steckte Mila einen goldenen Ring, der zum Bronzeton ihrer Haut passte, an den Finger, und Mila ließ ihn.

In Marwede trugen Katharina und Pierre die Urne aufs Feld, um die Asche zu verstreuen. Ob er noch etwas sagen wolle, fragte Katharina mit wässrigen Augen, und da ihm nichts einfiel, fragte er sie dasselbe. Aber auch Katharina blieb stumm.

— Er wollte doch verfügen,

dachte Pierre,

— dass die Asche in ein ausgehöhltes Exemplar von Samuel Becketts *Glückliche Tage* gestreut, versiegelt und zwischen andere Bücher in eine der Kisten der Bouquinisten am Ufer der Seine gestellt werden sollte. Also doch nicht Paris.

— Also doch keine Zusammenkunft mit Charles Mingus im Ganges,

dachte Katharina,

— als einmal ein Lied von Mingus im Radio abrupt abgewürgt wurde, warf er das Radio durch die Fensterscheibe nach draußen, wo es im Hof zerschellte. Er beschimpfte dann das Radio als feige Sau ohne einen Funken Mut.

Katharina schüttete die Asche zwischen Gestrüpp und Sträuchern, Kräutern und Unkraut aus, als wolle sie die Pflanzen wässern. Sie übergab die Urne an Pierre, und er ging zurück zum Loch und ließ sie hineinfallen. Glas ging zu Bruch, und Katharina griff vor Schreck nach seiner Hand.

— Obwohl sie doch die Stärke eines Bären besitzt,

dachte er,

— ist sie manchmal empfindlich wie ein Vögelchen.

Pierre nahm sich selbst und Katharina die Masken ab und warf sie der Urne hinterher. Aus seiner Hosentasche fingerte er Rolands Brief. Seine Augen huschten schnell über die Zeilen, dann ein weiteres Mal ganz langsam. Er benutzte dasselbe Streichholz für die Zigarette, den Umschlag und den Zettel. Das brennende Papier ließ er ebenfalls ins Loch fallen. Dann füllte er es mit Erde, eine Schaufel voll nach der anderen, und rauchte dabei.

Pierre hatte Roland das letzte Mal in dessen Kreuzberger Wohnung, etwa ein Jahr nach der Trennung von Katharina, gesehen. Er hatte ein seltsames Gefühl wegen Roland, weil der nicht zu einer Verabredung erschienen war, sich auch anschließend nicht gemeldet hatte. Die Haustür stand offen, und Pierre hatte an der Wohnungstür geklopft.

Roland saß gerade auf dem Balkon zur Straße raus und hatte die Beine auf einer der Streben des Metallgeländers abgelegt. Er rauchte eine Zigarette und las in der Zeitung einen Artikel über einen Autor, dem einer der wichtigsten deutschen Literaturpreise zugesprochen worden war. Große Vortrags- und Vorlesereise durch Nordamerika und im Hauptstädtchen, dann an sieben Abenden ohne zu ruhen am Deutschen Theater vorgeturnt und den kompletten fünften Teil seiner Schwarzwald-Erinnerungen vorgelesen.

— Stehende Ovationen?,

fragte sich Roland.

— Bei der Preisvergabe muss es sich um einen Irrtum handeln. Der Namensgeber des Preises wurde im neunzehnten Jahrhundert wegen seiner Schriften als Staatsverräter durchs Land gehetzt. Gejagt haben sie ihn, bis er in einem fiebrigen Typhusnebel verreckt ist. Eine Beleidigung ist das, einen Schreiberling von kitschiger Heimatliteratur mit dem Namen eines großen Dichters in Verbindung zu bringen.

Roland knüllte die Zeitung zusammen und warf sie über das Geländer des Balkons.

Roland sah hinüber zum ehemaligen Schokoladenfachgeschäft. Dessen große Fensterfronten waren mit braunem Packpapier verhängt. Über der Eingangstür zeugte nur noch ein Schmutzrand vom abmontierten Firmenschild. Seit Roland beim hundertjährigen Jubiläum den Sohn des Firmengründers kennengelernt hatte, ließ er sich ausschließlich von diesem beraten und versorgen.

— An einem Tag geht man in eines der schönsten Geschäfte der Stadt und kauft seine *Bittere*,

dachte Roland,

— und am nächsten Tag schaut man auf eine Ruine. Und kein einziges Wort von niemandem.

Roland ging hinunter auf die andere Straßenseite und sah durch ein Loch im Papier in den Verkaufsraum. Selbst das geschmackvolle Interieur aus den Prachtzeiten des Unternehmens hatte man herausgerissen. Roland fühlte sich wie jemand, dem man die Haut abzieht, und wandte sich angewidert ab. Dann stürmte er hinauf in seine Wohnung und riss die Lebkuchentruhe auf, in der er seinen Schokoladenvorrat aufbewahrte. Vier Tafeln *Bittere*, zwei Packungen mit Kakaobohnen und drei mit Borkeschokolade. Er atmete schwer und überlegte, ob er eine Zigarette rauchen oder irgendwas kaputtschlagen sollte, als es an seiner Wohnungstür klopfte.

»Wenn's gerade nicht passt - «, sagte Pierre.

»Doch doch, komm rein. Wie geht's?«

»Schlecht.«

»Gut zu hören. Und der Grund?«

»Auf dem Weg zu dir erschien mir alles auf eine Art konformistisch, nicht mal ein totes Pferd im Rinnstein, das Blut noch warm, aus seinem Kopf in den Kanalisationsgulli laufend.«

— Auswendig lernen kann er ja, auch wenn er keine Ahnung hat, was er da eigentlich faselt,

dachte Roland.

»Na, auf den Schrecken mach ich uns aber ne Flasche auf. Ist doch selten genug, dass wir uns überhaupt zu Gesicht bekommen.«

»Wenn du auch nicht zu Verabredungen erscheinst.«

Roland schraubte den Deckel von der Flasche Grauburgunder. Dann goss er den Inhalt in den Abguss und schaute dabei zu Pierre, der sich an den Küchentisch gesetzt hatte und ihm zusah.

»Umgekippt«, sagte Roland.

»Überleg's dir«, antwortete Pierre und erschrak selbst über das, was er da gesagt hatte.

Als Roland die Flasche geleert hatte, holte er einen Karton mit sechs weiteren Flaschen aus der Kammer und goss sie ebenfalls aus. Nach der dritten Flasche hatte er *alle umgekippt*, nach der vierten *ungenießbar* und nach der fünften *verdorben* gesagt und war wortlos fortgefahren. Pierre hatte sich eine Zigarette angesteckt und Roland zugesehen. Es folgten sieben Flaschen japanischer Whisky und drei Flaschen Gin. Roland ging zum Kühlschrank und holte zwei Tüten Milch und eine Flasche Apfelsaft hervor. Als er auch die ausgegossen hatte, drehte er den Wasserhahn in der Küche auf und anschließend den Hauptwasserhahn im Badezimmer ab.

»Ich habe leider gar nichts im Haus, das ich dir anbieten könnte«, sagte Roland, »nicht mal ein Glas Leitungswasser.«

»Vielleicht ist es doch besser, ich verschwinde jetzt und komme ein anderes Mal wieder«, sagte Pierre.

»Überleg's dir, Axel Springer «, sagte Roland, »aber ich will dich als Freund nicht erfinden müssen.«

Als Pierre die Tür hinter sich zugezogen hatte, sagte Roland:

»Lauf ruhig nach Hause zu deiner Mami, nein, zu deiner Frau, zu meiner Frau, Blutsbruder!«

Pierre klopfte mit der Schaufel die Erde fest, wischte sich den Schweiß aus dem Gesicht und setzte sich zu Katharina, die ihm zugesehen hatte.

»Als er *Axel Springer* gesagt hat«, sagte Pierre, »oder besser, wie er es gesagt hat, in diesem Augenblick war alles dahin. Da wurde mir klar, dass er meinen Text über Beckett, Camus und Sartre gelesen hatte. Egal, was vorher schiefgelaufen war, die ganzen alten Geschichten, die Bar, das alles war wie weggewischt. Da hatte er eine Entscheidung getroffen, eine unumkehrbare. Ich bin dann einfach gegangen. Ich war wütend und ratlos zugleich. Verstehst du das?«

Katharina schwieg. Sie konnte dazu nichts sagen.

— Man trägt ein Kreuz mit sich herum und weiß noch nicht mal, wie es genau beschaffen ist und warum es so beschaffen ist.

dachte sie,

— Man hat eine Ahnung davon, aber letztlich auch wieder nicht. Natürlich weiß ich, warum Roland gegangen ist. Nein, ich habe keine Ahnung, weil es für mich keinen nachvollziehbaren Grund gegeben hat. Tausend Gründe, ja, aber nicht einen einzigen, den ich hätte verhindern können. Auch er hätte ihn nicht verhindern können. Man wacht auf, da ist dieses Kreuz und man wird es nicht mehr los.

Pierre hatte eine neue Flasche Champagner von einem der Fahrer bekommen, auch Gläser. Sie saßen auf den Klappstühlen und tranken, jeder mit seinen Gedanken für sich. Aus dem Mittag ihrer Ankunft war Nachmittag und jetzt bereits früher Abend geworden. Die Sonne sank hinter die Bäume, auch sie war müde geworden. Pierre brach die Stille.

»Uns ist er nun endgültig entkommen.«

»Wie meinst du das?«

»Die Abschiedsnotiz. *Neuanfang ausgeschlossen. Ein Mann kann allem entkommen –*.«

»Nur sich selbst nicht«, ergänzte Katharina.

»Nicht wissen, wann man sterben wird. Aber wissen, wann man abzutreten hat. Ich frage mich nur, was ich damit zu tun habe. Und du. Was zu klären war zwischen uns, ist geklärt worden. Die Brücken waren doch endgültig abgebrochen. Nichts als Schutt und Asche.«

»Man kann über jede Schlucht, egal wie tief und breit sie ist, wieder eine Brücke bauen«, sagte Katharina.

»Wie meinst du das?«

»Ich kann Roland vergeben. Ich denke, für ihn hat es nie Alternativen gegeben. Keine, als er sich in mich verliebt hat, und keine, als es aus war. Keine, was seine Kunst betraf, und keine, als er nicht mehr sein wollte.«

Sie umarmten und küssten sich, und Katharina bat Pierre, seinen Chauffeur zu entlassen, sie würden morgen nur ihren benötigen. Sie bat ihn außerdem, nach dem Zimmer zu sehen, sie wolle einen Augenblick allein bleiben. Als die Sonne untergegangen war, ging sie in die Pension, und sie und Pierre schliefen wortlos miteinander.

Am nächsten Morgen fiel die Sonne auf das zerwühlte Bett im cremefarbenen Faltenwurf und ließ es aussehen wie das Gemälde eines alten Meisters.

Katharinas Fahrer schloss die Tür hinter den beiden, stieg dann vorne ein und ließ den Motor an. Pierre dachte, es fühle sich ein bisschen wie ein letzter Urlaubstag und der einstige Freund sei eine Erinnerung, die, ob wahr oder erfunden, ob schön oder schrecklich, schon zu verblassen begann wie ein Foto. Katharina hatte den gleichen Gedanken. Das verband die beiden in ihrer Welt, die sie sich nun Stück für Stück zusammen aufbauen würden.

— Was ist das nur für ein seltsames Gefühl,

dachte Pierre, als er Katharinas Hand mit seiner umschloss.

— Das ist nicht der Zauber schwarzer Magie, ich bin auch nicht von einem herumkrabbelnden, violetten Ding gebissen worden und habe mich nicht an minderjährigen Hunden zu schaffen gemacht. Dieses seltsame Gefühl ist Liebe!

Siebenundneunzig Tage nach der Beerdigung zogen Pierre und Katharina in eine gemeinsame Wohnung, die in der Nähe ihres Buchladens lag. Pierre bekam vom Verleger die Leitung eines Ressorts bei der Zeitung anvertraut und machte Katharina am selben Tag einen Heiratsantrag. Als sie annahm, stürzte er sich auf sie und erschlug sie fast, aber diese Zielstrebigkeit gefiel ihr an ihm. Nun war sie nicht mehr allein und hatte Roland vergessen. Wie in ihrer ersten gemeinsamen Nacht lagen sie auch in dieser Nacht wie Hunde auf dem Fußboden und jammerten und heulten und gaben alles andere als ein schönes Bild zusammen ab.

Dreihundertdreiundneunzig Tage nach der Hochzeit bekamen sie einen Sohn, und als dieser alt genug war, um den Vater nicht mehr zu fürchten, sagte er ihm eines Morgens beim Frühstück, das Leibgericht des Vaters sei von Pferden zubereiteter gelber Schnee. Einer der wenigen wahrhaftigen Sätze, die im Haus bis dahin von einem Mann gesprochen worden waren, auch einer, der Pierre wohl am ehesten charakterisierte. Nachdem ihn sein eigener Sohn derart verletzt hatte, spürte Pierre etwas Dunkles und Unheilvolles in sich wachsen, das schon lange ruhig in ihm geschlummert hatte.

Katharina und Pierre schleppten und schleiften sich durch ihr Leben. Ganz genau so, als wären sie doch von herumkrabbelnden, violetten Dingern gebissen worden.

Ins Freie

Roland löste eine Kopfschmerztablette in einem Glas Wasser auf, stellte die leere Kaffeetasse aufs Schneidebrett und beides zusammen in die Spüle. Während er trank, hörte er, wie Katharina draußen den Wagen anließ, um zur Arbeit in die Buchhandlung zu fahren.

»Bis heute Abend«, rief sie ihm von der Einfahrt aus durchs geöffnete Küchenfenster zu. Hinter Katharinas Wagen, einem nachtblauen Käfer, stand Rolands schwarzer Alfa. Manchmal waren sie zusammen im Käfer gefahren, und er hatte ihr Dinge ins Ohr geflüstert, die bedeuteten, dass er sie liebte. Er hatte ihr gesagt, dass er sie jetzt, da er wusste, wer sie war, am liebsten noch einmal kennenlernen würde. Oder dass ihre Stimme klang wie eine Hand, die ihn streichelte. Ein anderes Mal, er war spät dran, hatte er einfach ihren Wagen genommen und seine Schlüssel auf dem Tisch liegen gelassen. Da sagte sie in seiner Abwesenheit Dinge, die wunderschön klangen, wenn man Flüche mochte.

Es war ein Dienstagmorgen, wie es viele davor gegeben hatte und wie es sie geben wird, solange da Menschen sind, die Kalender besitzen. Roland nahm das Jackett von der Garderobe gegenüber der Eingangstür und zog es an. Es passte ihm, als wäre es maßgeschneidert. Genau das missfiel ihm, und er streifte es ab und ließ es zu Boden fallen. Er zog auch die schwarzen Schuhe und Socken, seine Hose und das gestreifte Hemd aus. In Unterhose und Unterhemd ging er ins Wohnzimmer und setzte sich in seinen Sessel, den pistazienfarbenen, Katharinas war orange. In den nächsten Tagen würde das Schwarzweißportrait angeliefert werden, das ihn und Katharina in Lebensgröße abbildete. Sie hatten es anlässlich ihres vierten Hochzeitstages machen lassen und den Biedermeierschrank einen halben Meter zur Seite gerückt, um daneben genügend Platz für das Foto zu schaffen. Er hätte sich nicht darauf einlassen sollen, dachte Roland, denn er mochte sich nicht auf Fotos, nicht einmal auf kleinen. Und wenn er Katharina ansehen wollte, würde er es einfach tun, und wenn sie gerade nicht da wäre, würde er so lange geduldig sein, bis sie wieder da wäre. Jetzt wusste er nicht einmal, ob er sie je wieder ansehen würde, so groß schien ihm die Entfernung zwischen ihr und ihm geworden zu sein.

Roland sah sich jetzt selbst in einer Reihe Menschen stehen, darunter Arbeitskollegen, Freunde und Bekannte, die alle in ihrer Existenz voneinander abhängig waren und die ihm alle wie Fremde erschienen, sich selbst mit eingeschlossen. Diese Menschen waren ihm allesamt gleichgültig, nein, sie ödeten ihn an, zu ihnen wollte und konnte er keine Beziehung mehr aufbauen, an ihrer Einigkeit, ihrem Recht und ihrer sogenannten Freiheit, an ihrem gesamten Dasein wollte er nicht teilhaben. Und hatte er sich nicht immer schon am glücklichsten gefühlt, wenn die anderen gegangen waren? Als dieser Zustand seinen Anfang nahm, hatte Roland sich manchmal gesagt, das gehe vorbei. Wie eine Grippe. Aber nichts ging vorbei. Nicht bei der Arbeit, nicht im Kino oder wenn er ein Buch las, nirgendwo, ständig dachte er daran, auch wenn er mit Katharina zusammen war. Als hätte sich etwas über seine Welt gelegt und sei mit der Zeit eingezogen, das nun ganz selbstverständlich dort wohnte. Wohlig hatte er sich bis dahin gefühlt, mit Katharina und im Haus, im Garten, in der Sommersonne auf der Liege, die Tauben auf der Spitze der Zypresse beobachtend. Aber von dieser Veränderung, die sich ereignet hatte, gab es kein Ausruhen. Es gab kein Zurück mehr.

Roland wusste nicht mehr weiter, und er konnte nicht mehr weiter. Und so ein Mensch würde er keinen weiteren Tag mehr sein.

Er ging durch die Terrassentür hinaus in den Garten und zum Holzschuppen. Unter dem Werkzeug für die Gartenarbeit lag ein Wachstuch, in das eine Pistole, eine Mauser 1914, eingewickelt war. Hatte er die Pistole angeschafft, weil er dachte, ein Mann müsse sein Refugium verteidigen können? Katharina gegenüber hatte er die Waffe nie erwähnt.

Als Roland das Vorhängeschloss und die Tür aufsperrte, bellte in der Nachbarschaft ein Hund. Roland kramte die Mauser hervor, wog sie in der Hand. Die Balance stimmte nicht, er musste noch das Magazin hineinschieben.

— Wenn es doch etwas zu verteidigen gäbe, für das ich mit dem Leben bezahlen würde,

dachte er und richtete die Pistole gegen sich selbst. Er zielte auf sein Herz, ohne den Finger an den Abzug zu legen. Der Lauf, den er gegen seine Rippen drückte, fühlte sich kalt und hart an.

Plötzlich fuhr eine Windböe in die große Platane am Rand des Gartens, und Roland trat aus dem Schuppen, um nachzuschauen, woher das Geräusch gekommen war. Eine zweite Böe, eine dritte. Staunend ging er einen, dann noch einen Schritt auf die Platane zu.

Als flüsterten die Blätter ihm etwas zu.

Acht Schüsse und acht Patronenhülsen fielen nacheinander zu Boden, und in der Holzwand des Schuppens waren acht Einschusslöcher zu sehen, die einen Kreis bildeten. Roland hörte jetzt auch das Hundegebell, das schon nach dem ersten Schuss eingesetzt hatte. Er lud die Mauser mit dem Ersatzmagazin nach und schoss vier weitere Löcher in den Kreis, und vier weitere Patronenhülsen fielen zu Boden, während der Hund ununterbrochen und laut bellte.

— Wen oder was willst du besiegen? Die kleinen Stiche in den Rücken, die großen Stiche in die Brust, das Hämmern im Kopf - aushalten, durchhalten, mehr ist nicht zu tun. Es ist noch nicht an der Zeit, aufzugeben.

Seine Ohren schmerzten. Er wickelte die Mauser ins Wachstuch zurück und klemmte sie sich unter den Arm.

— Jetzt hast du alle Voraussetzungen für ein schnelles Ende erfüllt, selbst die letzte, indem du geduldig einen Tag wie diesen abgewartet hast. Aber du bist ein Feigling, ein Hasenfuß, ein Windgucker,

dachte Roland und schaute eine Zeitlang zu den Wolken hinauf, die im Wechsel die Sonne verdeckten und wieder freigaben. Wieder hörte er den Wind in die Platane fahren, und als er den Kopf ein wenig zur Seite drehte, sah er den Wind auch in den Blättern, die abermals ihr Flüstern anstimmten.

— Was flüstern sie?

Erwache!

Roland löste seinen Blick von den Blättern und der Platane, von der Sonne auch und dem unendlichen Himmel, und er richtete ihn auf nichts hin, ins Freie. Er wusste immer noch nicht weiter, aber er konnte jetzt weiter. Er wusste nicht, was zu tun war, aber er spürte die Kraft und den Drang, es herauszufinden und zu tun. Er würde den Ausweg aus der Ausweglosigkeit gehen.

Während Katharina in ihrem Buchladen saß und Bestellungen für das Herbstprogramm aufgab, packte Roland in ihrem gemeinsamen Haus seine Sachen zusammen. Er beschränkte sich auf zwei Kisten und einen Koffer.

— Als ich dich kennenlernte,

sprach er in Gedanken zu Katharina,

— hast du einen farblosen Raum betreten, und alle darin haben angefangen zu strahlen. Alle haben dich gesehen, auch diejenigen, die mit dem Rücken zu dir saßen - sie sahen es in den Augen ihres Gegenübers. Das war nicht immer leicht für mich. Dann hast du die Affäre mit diesem Lockenkopf, diesem lustigen Naturburschen gehabt, der immer Radfahrerhosen trug. Ein lächerlicher Mensch. Und weil ich gedacht habe, dass auch mir eine Affäre zusteht, bin ich öfter nach Beginn der letzten Kinovorstellung zu der Frau gegangen, die dort die Karten verkauft hat. So haben wir beide unsere Affäre gehabt. Aber warum du dir dann auch noch in einem bescheuerten Ritual die Haare abschneiden musstest, habe ich nicht verstanden. Die Erinnerung kann man nicht abschneiden und einfach so eine neue nachwachsen lassen. Ganz langsam ist das Strahlen dann wiedergekommen. Wir sind wieder schön zusammen geworden, aber gleichzeitig sind auch hässliche Züge entstanden. Wir haben uns verändert und haben es nicht gemerkt. Und dann hast du begonnen, dich zu verstellen, damit ich es nicht merke. Oder habe ich mich verstellt, damit du nichts merkst? Alles um uns herum ist immer farbenfroher geworden, weil wir selber immer blasser geworden sind. Du hast für mich den Glanz verloren. Und ich habe für dich den Glanz verloren.

Roland setzte sich an den Küchentisch und schrieb eine Erinnerung auf ein Blatt Papier. Katharina war damals allein auf Reisen in Italien, und als Roland es nicht mehr ohne sie aushielt, stieg er ins Auto. Er fuhr die ganze Nacht, um sie am nächsten Morgen in einem umbrischen Bergdorf zu überraschen. Von einer Telefonzelle aus rief er sie an und sagte, sie solle auf die Hauptstraße hinausgehen. Dann legte er auf. Als Roland das Dorf erreichte, sah er Katharina an einer kleinen Kreuzung stehen. Liebe strömte aus ihm heraus und gleichzeitig auf ihn zu. Es war der Augenblick seines Lebens. Er schrieb, er wolle Katharina so in Erinnerung behalten, und sagte Lebewohl. Dann faltete er das Papier zweimal zusammen, schrieb Katharinas Namen darauf und legte es auf das Schlüsseltischchen im Flur.

Roland stellte sich vor, wie irgendwann in der Zukunft in diesem Haus eine Familie wohnen würde. Mit einem Sohn und einer Tochter. Der Junge würde nach dem Mittagessen noch mit einem Freund Rollschuhlaufen gehen. Sie würden das Moped von dessen Bruder nehmen und damit Runden auf dem Parkplatz hinter der Kirche drehen. Einer würde sich immer an den Gepäckträger des Mopeds hängen, während der andere versuchte, den Wendekreis kleiner und die Erregung größer werden zu lassen. Es wäre ein herrlicher Tag, der Junge würde an nichts denken, nicht an seine Eltern, auch nicht an morgen. Und selbst wenn er mit aufgerissener, blutverschmierter Jeans und aufgeschlagenen Knien vor der Mutter stünde, würde sie ihn sogleich in ihre Arme nehmen und trösten. Sie würde ihm die Wunden versorgen und eine frische Hose geben und ihm sein Lieblingsessen zubereiten. Und wenn der Vater nach Hause käme, würde sie ihm gleich die Geschichte des Sohnes erzählen und darauf achten, dass der Vater und die Tochter keine falschen, nur die richtigen Worte fänden.

Das Mädchen würde malen, ein Haus am liebsten. Ein Haus, in dem es mit den Eltern und dem Bruder wohnte.

Das Mädchen würde auch Bäume malen, am liebsten mit Äpfeln, eine Bank darunter und einen Hund daneben. Es würde die Mutter malen und den Vater, wie er den Hund streichelte. In den Bildern wäre Sommer, und das Mädchen würde sich mehrere Male in jedes Bild hineinmalen: auf den Apfelbaum, auf den Schoß der Mutter, neben den Hund. Das Mädchen würde auch einen Teich neben das Haus malen und einen Weg, von Blumen gesäumt, der zu ihren Freunden führt.

Und dann sah Roland anstelle des Hauses nur Trümmer, durch die er unter Schmerzen und schreiend stolperte wie ein Wesen, das noch kein Mensch war, das noch keinen Himmel kannte und keinen Horizont, das Wasser nicht mit Händen schöpfte und dessen Lippen noch keine Süße gekostet hatten.

Aber er wollte das Haus nicht verfluchen und schon gar nicht vergessen. Er wollte es als einen Ort erinnern, der einmal gewesen ist und an dem sich seine Verwandlung vollzogen hatte. Möge es noch lange zeugen von diesem Wunder.

Roland packte seine Sachen in den Kofferraum des Alfas und fuhr los. Er wusste nicht, wozu ein Herz imstande sein konnte. Aber er wollte es herausfinden. Vor ihm tat sich bald das Häusermeer der großen Stadt auf, das mit tausend Stimmen nach ihm rief und mit tausend Händen nach ihm griff.

— Hinein ins Nirgendwo, das alles verspricht.

Eine Ewigkeit und ein paar Momente später. Roland wartete im Unterstand auf den Bus, die brüllende Schlange, die ihn verschlingen und mit ihm fortkriechen würde, in die Nähe seiner neuen Zwei-Zimmer-Wohnung, die er in Kreuzberg gemietet hatte. Er dachte an den Film, den er gerade im Kino gesehen hatte, dessen intensive Farbgebung, den bühnenhaften Kabukitheaterstil und die Shamisenmusik. Der Film spielte in einem japanischen Dorf in der Bergregion Narayama und handelte vom Dasein und Vergehen einer alten Frau. Siebzig Jahre alt geworden, musste sie im Winter auf einen Berg steigen, um dort zu sterben, wie viele alte Männer und Frauen vor ihr. Die Tradition, *Ubasute* genannt, verlangte es so. Auch hingen das Glück der Familie und des Dorfes davon ab. Ihr letztes Lebensjahr nutze die Alte dazu, ihre Angelegenheiten in Ordnung zu bringen. Im späten Herbst folgte sie den herabfallenden Blättern und ließ sich von ihrem Sohn auf den Berg bringen.

— Sie wusste, wie und wann sie sterben würde,

dachte Roland und stieg in den Bus, der mittlerweile vorgefahren war.

An der nächsten Haltestelle stieg ein Mann zu, der sich schräg gegenüber von Roland, mit dem Rücken in Fahrtrichtung, in einen übergroßen Sitz fallen ließ. Der Mann war so tief in sich zusammengesunken, dass er mit der rechten Hand nicht mehr den Haltegriff unterhalb der Fensterscheibe erreichte. Er versuchte deshalb an der Innenwand Halt zu finden, doch seine Hand rutschte bei jedem Anfahren und bei jedem Stoppen des Busses ab, und er geriet aus dem Gleichgewicht. In der linken Hand trug der Mann eine Baumwolltasche, und als seine rechte Hand gerade wieder vom Fensterrahmen abgerutscht war, griff er damit in die Tasche und zog einen kleinen, in Papier eingewickelten Blumenstrauß hervor, den er aber in die linke Hand nehmen musste, um mit der rechten den Haltegriff zu suchen, den er abermals verfehlte. Der Bus fuhr eine scharfe Kurve, der Mann rutschte mit der Hand vom Fensterrahmen ab und schaffte es gerade noch, durch wildes Rudern mit beiden Armen, nicht aus dem Sitz geschleudert zu werden. Der ganze Körper des Mannes war von zitternder Hilflosigkeit durchdrungen. Jetzt versuchte er, durch das feuchte Papier an den Blumen zu riechen. Er fummelte an dem Papier herum, das sich an den Rändern zu einer matschigen Pampe verformt hatte. Durch einen kleinen Spalt roch er an den Blumen und verdrehte die Augen, bis die Pupillen unter den oberen Lidern verschwanden und er dasaß wie ein Toter. Der Busfahrer sagte die nächste Haltestelle an, und der Mann versuchte sich aus dem Sitz zu erheben, schaffte es nicht und fiel unkontrolliert gegen die Rückenlehne. Mit schmerzverzerrtem Gesicht rappelte er sich erneut auf, versuchte Schwung aufzunehmen, fiel aber wieder nach hinten. Der Bus stoppte, die Türen öffneten sich, und auch dieses Mal schaffte er es nicht, sich aus seinem Sitz zu erheben. Erst als der Bus wieder anfuhr, bekam der Mann genügend Schwung, und plötzlich stand er im Gang. Der Bus hielt, er stieg aus und verschwand in der Nacht.

Roland dachte, der Mann sei am Ende von etwas angekommen und dass dieses Ende außer den Mann und diejenige, für die der Strauß Blumen bestimmt war, niemanden etwas anging. Anders als der Mann befand sich Roland erst am Anfang von etwas. Er würde achtgeben, nicht derartig aus dem Gleichgewicht zu kommen. Roland beschloss weiterzufahren und in einer Bar noch einen Absacker zu trinken.

Roland war betrunken, als er aus der Bar fiel und über einen Pappkarton stolperte, der auf dem Trottoir stand. Als er gerade nach dem Karton treten wollte, sah er einen Stapel Fotos, der herausgefallen war. Verschiedene Aufnahmen von Möwen, die auf dem Schnee standen. In Gruppen, einzeln, zu zweit. Fliegende Möwen auch, gegen die weißen Wolken im Himmel fotografiert. Beinahe abstrakt, ihr Gefieder und die Schnäbel mehr zu erahnen als zu erkennen. Fotos wie Gedichte. Rückseitig alle signiert, nummeriert und auf das Jahr 1964 datiert. Der Vorname war mit dem Buchstaben *S* abgekürzt. Der Nachname lautete *Redne* oder *Rednar*. Roland fand je drei Sätze, zwölf unterschiedliche Motive. Er ging zur nächstgelegenen Haustür und sah auf das Klingelschild, wo er den Namen *Redmer* fand. Roland nahm die Fotos an sich. Er wollte sie noch einmal bei Tag betrachten.

Zum letzten Stockwerk seines Wohnhauses zog sich Roland am Treppengeländer hinauf. In seiner Wohnung schaltete er das Licht an und machte ein kaltes Bier auf. Einen neuen Küchentisch hatte er sich schon zugelegt. Außerdem zwei Stühle und einen Herd. Eine Matratze lag im dunklen Schlafzimmer, Decke und Kopfkissen daneben.

Roland begann etwas zu schreiben, strich dann aber Wort für Wort, Zeile für Zeile wieder aus, riss das karierte Blatt aus dem Block und schob es zur Tischkante und ein Stück darüber hinaus, so dass es zu Boden segelte.

— Fang mit etwas ganz Einfachem an, mit etwas Wahrem,

dachte er und schrieb.

Gib mir ein Seil, und ich stranguliere es.
Gib mir eine Axt, und ich hacke sie durch.
Gib mir eine Pistole, und ich erschieße sie.

Das erinnerte ihn an Dorothy Parkers Gedicht *Resumé*.

Razors pain you;
Rivers are damp;
Acids stain you;
And drugs cause cramp.
Guns aren't lawful;

Nooses give;
Gas smells awful;
You might as well live.

Während Roland laut rezitierte, strich er die soeben geschriebenen Worte wieder durch, so, dass hinterher kein einziges Wort mehr zu lesen war. Er hatte mit dem Kugelschreiber eine Art schwarzes Balkengedicht geschrieben, dreizeilig, acht, neun und acht schwarze Balken.

Roland trank ein zweites Bier, ein drittes.

— Die Balken könnten zu etwas führen,

dachte er.

Roland nahm die Mauser nicht aus der Schublade im Küchentisch. Er warf sie nicht zusammen mit dem Küchenmüll in den Abfallschacht im Hausflur, der in den Keller führte.

Es wurde Herbst, und Roland verlor seinen Schal, den er sich ein paar Tage zuvor gekauft hatte, in einer Ausstellung des Künstlers Dieter Roth. Roth hatte Bücher eines deutschen Schriftstellers zerkleinert und sie dann mit Wasser, Fett und Gewürzen in Wursthaut gepresst. Roland musste lachen, als er diese Literaturwurst sah, gerade weil der Verwurstete ein vollkommen humorloser Autor war. Und plötzlich erschien Roland alles um ihn herum, alle Einzelheiten und Kleinigkeiten, zum Beispiel wie eine Frau ihre Haare hochgesteckt hatte, die Typographie auf einem Plakat oder ein einfacher Schlüsselanhänger, der an der Hose eines Vorbeigehenden baumelte, als Ausdruck armseliger Banalität.

Vom Gropiusbau machte Roland einen großen Schritt über die Straßen und Dächer der Stadt Richtung Südosten und sah vor einem vergitterten Gulli einen kleinen Jungen stehen, der schüchtern und mit Sicherheitsabstand, als könnte er hineinfallen, dem Herbstlaub dabei zusah, wie es in die Tiefe gespült wurde.

Roland dachte wieder an die Fotos mit den Möwen und ging zu dem Haus in der Nähe der Bar, wo er sie gefunden hatte. Er klingelte bei *Redmer*, und die Gegensprechanlage begann zu summen.

»What the hell do you want?«, schimpfte eine Männerstimme.

Roland fand heraus, dass sie zu Stewart Redmer gehörte, einem einundneunzigjährigen amerikanischen Fotografen, der in Berlin gestrandet war und nicht mehr die Kraft besaß, die Stadt zu verlassen. Wohin solle er auch gehen, sagte Stewart, seine Freunde seien tot und Familie habe er keine. Stewart erzählte, wie er als junger Mann auf Staatskosten durch Amerika gereist sei und im Auftrag des Kulturministeriums fünfzigtausend Fotos von Menschen, Situationen und Dingen gemacht habe, die er für amerikanisch hielt. In New York habe er Jazzmusiker und in Los Angeles Schriftsteller portraitiert. Lange vor Rolands Geburt sei Stewart auf eigene Faust mit dem einen Ende des Regenbogens von der Ostküste nach Europa aufgebrochen, um für Federico Fellini und Louis Malle als Setfotograf beim Film zu arbeiten.

Roland sprach Stewart auf die Fotos mit den Möwen an.

»I'm finished, Roland«, sagte Stewart, und Roland beließ es dabei. Er hatte das Gefühl, Stewart mit seiner Fragerei auf die Nerven zu fallen. Er ließ ihn immer nur das erzählen, was Stewart gerade in den Sinn kam, und hakte hier und da nach. Manchmal gingen sie zusammen in die Bar, die sich ein paar Häuser weiter befand, und tranken ein Bier oder ein Glas Wasser. Die meiste Zeit aber trafen sie sich bei Stewart in der Wohnung, und er zeigte Roland Fotos oder las ihm

Gedichte vor, die er nach seiner Zeit als Fotograf geschrieben hatte.

Aus Herbst wurde Winter. Aus Winter wurde Frühling. Aus Frühling wurde Sommer. An einem Sonntagvormittag, als sich der Sommer mit dem Herbst vermählte, saß Roland in der Nähe seiner Wohnung am Kanal.

— Wie das Blau nur strahlt,

dachte er, als er in den Himmel sah. Er kniff die Augen zusammen und führte die Hand als Blendschutz zur Stirn.

Zuerst hörte er ihn, dann sah er einen Jungen in einem dunklen Anzug mit einem Gesangbuch in der Hand vorbeilaufen. Als Roland die Glocken der nahe gelegenen Kirche läuten hörte, fragte er sich, ob sie vielleicht auch schon vorher geläutet hatten und der Junge ihm die Ohren geöffnet hatte.

Das Läuten zog an ihm, und nach kurzem Widerstand gab er nach.

Am Uferweg kam Roland an einem zugrunde gerichteten Pflaumenbaum vorbei. Anstelle reifer Früchte trug er alte Turnschuhe, zerbrochene Christbaumkugeln und vergammelte Stofftiere. Roland stellte sich vor, denjenigen, der das verbrochen hatte, in flagranti zu erwischen und ihn neben dem Krimskrams im Baum aufzuhängen, eine Kuckucksuhr um den Hals, die zu jeder vollen Stunde auf ihn aufmerksam machte.

Hinter dem Baum schimmerte das stehende Wasser des Kanals südseehaft grün, und als Roland dem Leuchten nachging, sah er, dass es nur von den moosbewachsenen Ufersteinen herrührte, die sich auf der Wasseroberfläche spiegelten.

An der in neogotischen Formen erbauten Kirche war Roland schon oft mit dem Auto vorbeigefahren, denn sie befand sich an der Hauptverkehrsstraße Richtung Westen. Einen Fuß hineinzusetzen hatte er bislang vermieden.

— Ist nach dem Krieg wieder aufgebaut worden,

dachte Roland,

— gar nicht mal schlecht. Da -.

Er sah den Jungen und folgte ihm in die Kirche. Im Inneren war es ganz leer, auch der Junge war verschwunden. Roland konnte sich das nicht erklären. Eine leere Kirche am Sonntag. Nicht mal ein Kirchendiener zu sehen. Und wo war der Junge hin? Auch brannten nirgendwo Kerzen. Roland setzte sich in eine der hinteren Reihen auf eine Holzbank, sah auf den gekreuzigten Jesus über der Apsis und dann zu Boden.

»Nun«, sagte er, »mein Name ist Roland Steinberg, aber das weißt du, denn du hast mich hierher geführt. Was willst du von mir?«

Er machte eine Pause.

»Solange da Licht ist, will ich zu dir sprechen«, sagte Roland und sah auf einen Lichtschein, der durchs Fenster auf eine Wand fiel.

»Und sollte ich *Gott* sagen, dann nicht aus Verehrung, ich lehne dich ab. Aber nur ein Dummkopf würde sagen, du seist tot. Denn das bist du nicht. Ich kann dich spüren, deine Hand, wenn du mich berührst, deinen Hauch, wenn du neben mir stehst. Aber Heil bringst du mir nicht.«

Roland erhob sich und ging auf das Licht an der Wand zu. Dabei sprach er abwechselnd wie zu einem himmlischen Vater, dann wie zu seiner Mutter - wie zu einer, die ihn geboren hatte, wie zu einem, der alles erschaffen hatte, und etwas Wildes lag in seiner Stimme, und Furcht.

»Du hast wohl alles so gemacht, wie's sein soll. Ich könnte an deinem Vorbild entlangdenken, entlangsprechen, entlangschaffen, ja, aber nicht ohne eine Mutter –. Ist es zuviel verlangt, dich um ein einziges Leben zu bitten, das auch gelebt werden wollte? Die einen geboren hat, die soll man doch wenigstens kennen. Es heißt, du legst Zeugnis ab für die Schwachen.«

»Sag mir, Mutter, warum musstest du mich verlassen? Du hast mich allein gelassen, mit niemandem außer dem Scheusal. Was hättest du mir schon beibringen können außer Lügen. An deiner Brust, in deinen Armen, ich hätte dich nie gekannt.«

»Herr Gott, wonach stinkt es hier drin eigentlich, man kann ja kaum atmen. So jemanden wie mich hattest du bestimmt schon oft. Mach mich so, wie du selbst bist, und ich will dir Seite an Seite folgen. Aber dein Sklave werde ich nicht sein, dein Hündchen, mein Herrchen. Strammstehen vor dir? Komm doch und hol dir meine Freiheit, meinen Willen, wenn du kannst. Nicht ich werde vor dir knien und seufzen, sondern du vor mir. Mein Weg, immer klarer zeichnet er sich ab vor mir.«

»Bitte vergib mir, Mutter. Es muss dieses Haus sein, in dem ich dich suchte. Dieses Haus, es ist leer.«

»Erfülle meine Flüche oder lass mich in Ruhe und vergiss mich. Mein Haupt jemals wieder vor deinem senken? Wo ist denn dein *Ja*, das mich wie ein Blitz treffen soll? Ha, als wärst du der, für den du dich ausgibst. Ein Aberglaube bist du, von dem ich abgewandt leben will. Oder hast du mich etwa auserwählt, dein Wort zu empfangen. Dann sprich zu mir, wie du zu Mose gesprochen hast, sag: *Ich bin da!*«

»Mutter –.«

»Was ich in den Händen halte, ist nichts als die Welt. Ihrer bin ich mir sicher. Meiner Existenz bin ich mir sicher, bis zu meinem Ende. Die grausame Wahrheit, irgendwann nicht mehr zu sein, ist immerhin eine Wahrheit. Ich will lieber für immer tot sein, als in dir zu leben.«

Roland atmete ruhig und kräftig und hob den Kopf gen Himmel.

»Ich befehle dir: lass die Mutter leben!«

Aber seine Worte hallten bloß von der Wand zurück und durch den Raum, wo sie ungehört von einer Menschenseele vergingen. Die Anspannung wich aus Rolands Körper, seine Schultern fielen herab, ein leichtes Schwindelgefühl ergriff ihn.

»Dein letztes Wort, es ist gesprochen«, sagte Roland, und die anschließende Stille traf ihn ins Gesicht und in den Nacken, dass er sich fürchtete und nicht wusste, ob sich im nächsten Moment etwas Schreckliches oder Wundervolles ereignen würde. Beides blieb aus, und er ging mit kleinen, schnellen Schritten zwischen den Bänken hindurch zum Ausgang. Alles in ihm war Wunde, und aus ihr heraus drang Schmerz und Heilung.

Vor der Kirche hielten Roland und die Welt den Atem an. Die Sonne war angenehm warm, und der Rest des Zitterns und der Kälte wichen aus ihm. Solange es hell war, solange da Licht war, würde er alles ertragen können, dachte Roland.

»Nun, das war nicht zu überhören. Was halten Sie davon?«,

fragte ein Mann, der in einem der Kirchenräume saß, einen anderen.

»Wie schlimm steht es denn um ihn?«

»Eine durch und durch verzweifelte Seele voller Zorn. Seine Mutter ist bei seiner Geburt gestorben.«

»Und das Ende?«

»Ist noch offen.«

»Kennt er seine Sünden?«

»Nein, nur seine Schuld. Aber er hat ein großes Herz, dem er folgen wird.«

»Wie weit und wie lange wird er noch gehen?«

»Der Himmel steht ihm offen. Er muss nur noch begreifen, dass er gemeint ist.«

»Eine Frau und zwei Kinder wären das Richtige für ihn, das Gesündeste. Er würde verstehen, wie die Welt sich dreht.«

»Ohne göttliches Fundament jedoch wird er auch weiterhin zwischen richtig und falsch wanken, ohne einen Unterschied zu erkennen. Er könnte verloren gehen ohne einen Bezugspunkt.«

»Aber nicht hoffnungslos.«

»Das Schweigen setzt ihm zu. Wenn er schimpft, dann nur, weil er sein Leben so allein als unerträglich empfindet.«

»Sehen Sie nur, er folgt der Sonne, an sie glaubt er.«

Auf seinem Weg sah Roland, wie die Sonne ihr goldenes Licht selbst den hässlichsten Seitenstraßen schenkte, und er blieb ein ums andere Mal stehen und wusste nicht, ob er die Schönheit dessen, was zuvor noch einfach, schlicht und vollkommen unscheinbar gewesen war, und auf das jetzt das Licht fiel und es in etwas Schönes verwandelte, begreifen konnte. Er wollte der Sonne weiter nach Westen folgen, er dachte, er und sie hätten denselben Weg, und das machte ihm Mut. Wohin sie ihn führen würde, darüber dachte er nicht nach.

— Ich will fortan *Du* zu ihr sagen, nicht *die* Sonne oder *sie*, sondern *Du* Sonne, und nichts soll uns voneinander trennen.

Plötzlich trat Stille in die Welt, die anders war als die in der Kirche. Keine Autos, keine Kinder, keine Touristen, keine Presslufthämmer, keine Schaufelbagger, die wummerten oder knatterten, die schrien oder krakeelten, nur ein kaum wahrnehmbares Stadtrauschen, als stünde Roland unter einer Glasglocke. Und dann war auch dieses Rauschen verschwunden, und es herrschte Stille. In ihr fand Roland einen Gedanken. Nichts würde einfach so zu ihm kommen, wenn er ihm nicht selbst entgegengehen würde.

Je weiter Roland ging, desto vertrauter kam ihm die Gegend vor. Der Sonne folgend, war er im Kreis gegangen und in der Nähe seiner Wohnung zu einer Brücke gelangt, die über den Kanal führte. Von hier aus hatte er die Sonne hinter den Häusern untergehen sehen. Ohne sie war er unfähig gewesen, weiterzugehen und ängstlich auf der Brücke stehen geblieben, außer Stande, sich zu bewegen. Was ihm den Tag über im Licht einladend erschienen war, wirkte in der sich nähernden Dunkelheit nun abstoßend und widerwärtig. Im Licht hatte er sich anwesend in der Welt gefühlt, jetzt stand er allein vor dem herannahenden, kalten Nichts. Er war noch vorhanden, aber er sah den Augenblick am Ende der Zeit, an dem er nicht mehr sein würde.

— Als ob ich selber hinter mir her ginge,

dachte Roland,

— nur dass da niemand vor mir zu sehen ist. Und jetzt, als liefe ich vor mir selber davon, aber hinter mir ist niemand zu sehen. Ich kann mich selber nicht einholen, ich kann mir selber nicht entkommen.

Roland blieb stehen, ging weiter. Er blieb stehen, ging weiter. Blieb stehen, ging weiter. Stehen, weiter. An Häusern entlang, an Bäumen, einer Wiese, wieder an Bäumen, wieder an Häusern, zu seiner Rechten stets das Wasser. Aus dem Gehen wurde ein Laufen, aus dem Laufen wurde ein Rennen, und während er rannte, dachte er, das Rennen sei unsinnig, und er rannte noch schneller, schneller als er es für möglich gehalten hatte.

— Aber wie aus vollem Lauf stehen bleiben,

dachte er und stand im nächsten Moment schon wie von selbst ganz still.

Dann kam er an eine andere Brücke, die über den Kanal führte, und er überquerte sie.

Stehen bleiben, weitergehen. Roland blieb stehen, ging weiter. An Häusern, Bäumen, einer Wiese und wieder an Bäumen und Häusern entlang, zu seiner Rechten stets das Wasser. Aus dem Gehen wurde ein Laufen, wurde ein Rennen, ein Laufen, ein Gehen.

Als er zur nächsten Brücke kam, bemerkte er, dass er im Kreis gegangen, gelaufen und gerannt war. Kein Tauber hatte ihn gesehen, auch kein Blinder, der ihn gehört hatte. Niemand hatte ihn gesehen oder gehört. Und obschon er sich außerhalb von allem wähnte, physisch ein Teil der Stadt, aber seelenlos, dachte er:

— Du bist und du bleibst hier. Immer und immer bist und bleibst du.

Roland stand stocksteif auf der Brücke und klammerte sich an das gusseiserne Geländer. Die aufkeimende Hoffnung, eine Hand könnte seine nehmen und ihn führen, erfüllte sich nicht und erstickte wieder. In den Laternen strömte das Gas aus und wurde durch einen Funken entzündet. Das machte seine eigene Anwesenheit erträglicher. Trotzdem war jede Sekunde eine Qual für ihn.

Nach Minuten oder Stunden des Dastehens begann er damit, dem Wasser so ausführlich wie möglich eine Abenteuergeschichte nachzuerzählen, so, als hinge sein Leben davon ab, und das tat es ja auch. Doch während des Erzählens vergaß Roland, ob der Held gerettet oder umgebracht wurde, ob er überhaupt Held oder Gangster war, und als er sich nicht mehr an den Namen des Mannes erinnern konnte, verschwand auch dessen Gesicht vor seinem inneren Auge. Roland konnte sich nur noch mit Müh und Not bei Verstand halten. Als zerrte etwas an ihm, das ihn mit Haut und Haaren verschlingen wollte.

Plötzlich stand eine Frau vor Roland und fragte etwas.

»Chrrrrrrrrrrrrrrrrrrr!«, fauchte Roland sie an, und die Frau lief davon.

Bei einer anderen Frau, die vorbeiging, stieß Roland nacheinander die seltsamsten Geräusche aus, etwa »Yegggghhhhh!« und »Aaaaaaaaarrrrrrgggggghhh!« und »Wuschhhhhhhhhhhhh-Sssssssssssssh!« und »Booooooooouuuuuuuuuuu!« Dann bellte Roland einen Mann an, der aber genau im selben Moment zurückbellte. Egal, wie heftig Roland auch bellte, fauchte und schrie, der Mann tat es ihm gleich. Und als sich Roland übers Geländer und auf den Mann stürzte, war dieser verschwunden.

Roland erwachte in den Morgenstunden am Ufer des Kanals auf einer Bank. Seine Kleidung war durchnässt, und er fror. Mit einem einzigen, großen Schritt gelangte er nach Hause, zog sich trockene Kleidung an und suchte eine Plastiktüte, die er in der Küche, vermutete. Dort fand er sie aber nicht und suchte in der Abstellkammer. Als er sie auch dort nicht finden konnte, suchte er wieder in der Küche, und als wäre ein Heinzelmännchen oder ein Rumpelstilzchen mit im Spiel, war die Plastiktüte plötzlich da. Roland kochte sich Kaffee und machte einen großen Schritt zurück auf die Bank am Kanal.

— Herrlich,

dachte Roland und trank direkt aus der Kaffeekanne, weil er die Tasse vergessen hatte,

— einfach herrlich, dass ich noch lebe.

Er würde seine Dämonen zulassen müssen. Sie würden ihm nichts anhaben können, wenn er sie nur gelten ließe. Und er würde sie wieder und wieder überwinden, so wie er die Dunkelheit überwunden hatte, wenn auch mit viel Glück. Das Licht, dachte er, steckte in ihm selbst.

Roland griff in die Tüte nach einer Handvoll harter Brotkrumen vom vorigen Monat. Damit fütterte er nicht die Enten, sondern bewarf die ersten Menschen, die an diesem Morgen vorbeikamen.

Am späten Nachmittag war Roland mit Pierre verabredet. Pierre verspätete sich wie immer, jetzt waren es schon zehn Minuten.

Roland konnte nicht vor und nicht zurück, er konnte auch nicht einfach nur geradeaus schauen. Die Menschen um ihn herum veranstalteten auf dem Platz ein unrhythmisches, heilloses Durcheinander, das Roland nicht beeinflussen oder lenken konnte. Klein und hilflos kam er sich vor.

Niemand schien sich für den anderen zu interessieren, schien den anderen auch nur wahrzunehmen, und tatsächlich interessierte sich auch niemand für den anderen und nahm anderes als sich selbst nicht wahr: Ein Porsche schoss rücksichtslos aus einer Toreinfahrt heraus, und zwei Kinder sprangen zur Seite. Diese Szene beobachtend, ließ eine alte Frau, die gerade die Blumen auf ihrem Balkon wässerte, vor Schreck die Gießkanne fallen. Vier Stockwerke tiefer zerschlug sie auf dem Asphalt, und ein Kind, das ganz friedlich mit seiner Mutter spazieren ging, fing an zu weinen. Hinzu kam das Geschrei der Mutter nach dem Übeltäter. Und das Geschrei der Mütter, die sie unterstützten. Und das Weinen von deren Kindern, die dachten, sie hätten etwas falsch gemacht. Durch diesen anschwellenden Lärm kam ein Fahrradfahrer ins Straucheln und schlingerte vom Fahrradweg auf den Gehweg. Er wollte links an einer ihm entgegenkommenden Frau vorbeifahren, aber ein Postfahrrad versperrte ihm den Weg, und er fuhr rechts an ihr vorbei. Daraufhin verlor die Frau das Gleichgewicht, fiel hin und jammerte. Der Mann fuhr weiter, ohne sich umzudrehen. Zeitgleich zu all diesen Geschehnissen waren da noch ein kleiner Mann mit seiner kleinen Frau, beide in Jeans und Jeanshemd gekleidet, die im Gehen auf einen Stadtplan schauten, Drillinge mit Sonnenbrillen und Bart, eine Gruppe betrunkener Schülerinnen und noch Aberdutzende andere. So kam es wiederholt zu Zusammenstößen, zum Aufeinanderprallen von Körpern, zum Brechen und Splittern von Knochen. Das war nicht nur zum Wegsehen, sondern auch zum Weghören, denn das Geschrei war schrill und unendlich.

— Aber wie existieren mit geschlossenen Augen und zugehaltenen Ohren?,

dachte Roland.

— Edgar hatte ganz recht, als er mir einmal sagte, das Herz der Gegend sei feindselig.

Roland fehlte ganz einfach die Ruhe nach dieser schlimmen Nacht. Er hatte versucht, am Nachmittag zu schlafen, war aber vom Rumpeln eines Müllwagens aufgewacht, der über die Verkehrsberuhigungsbodenwelle auf der Straße fuhr. Roland dachte, das Haus würde einstürzen, so hatten die Wände in seiner Wohnung gewackelt.

— Die Leute wollen nicht sehen, schon gar niemanden ansehen,

dachte Roland.

— Sie wollen angeschaut und angeglotzt werden, darum flirren sie durch die Gegend wie Kamikazeflieger und schreien, als hätte man ihnen einen Finger abgeschnitten.

Roland sah immer mehr Menschen über den Platz strömen, er sah auch diese Zeichen und Schilder und Plakate, die nur für sich selbst warben und mit denen ansonsten nichts anzufangen war.

Und je mehr Menschen es wurden, desto weniger fiel ihnen am Platz und den anderen Menschen auf. Zuerst waren nur ein paar von ihnen gekommen, bald schon hunderte und schließlich waren es tausende Glotz- und Gaffmenschen, die vor sich hin und sich gegenseitig voll- und nachplapperten. Alles, was ihnen am Ort oder einem Menschen hätte auffallen können, jedes Geheimnis, das sie hätten entdecken können, verdeckten sie in Wirklichkeit und lösten alle Geheimnisse schließlich auf.

Und je größer die Werbeplakate wurden, desto aggressiver wurden sie auch und taten Roland schon weh, wenn er sie nur aus den Augenwinkeln ansah. Die Menschen in der Stadt und die Zeichen, die sie überall hingestellt, angebracht, festgeschweißt hatten, sie führten zu nichts. Und die Regeln dieses unheilvollen Spiels würden sich bloß noch verschärfen.

Eine Viertelstunde hatte sich Pierre bereits verspätet. Roland kaufte eine Zeitung und stieß auf der letzten Seite auf einen Artikel von Pierre. Die Allesvernichter. Autoren wie Beckett und Camus seien für viele Menschen Lebensretter gewesen, schrieb Pierre. Sein Leben hätten sie dagegen beinahe zerstört mit ihren gefühlsgestörten Figuren, die, eingegraben in einen Erdhügel, Mülltonnen bewohnend oder Araber erschießend, über die scheinbar aussichtslose Lage des Menschen in der Welt sinnierten.

— Für die nächste Karrierestufe hat er jetzt seinen Verstand hergegeben,

dachte Roland und riss zusammen mit der Zeitung nicht bloß Pierre, sondern auch einen Teil von sich selbst entzwei.

Angewidert ließ er das Papier zu Boden fallen. Er betrachtete die Verabredung und alle weiteren mit Pierre als erledigt.

Plötzlich entdeckte Roland ein Zeichen auf dem Asphalt, ein unschuldiges Zeichen, nach dem er nicht gesucht hatte und das ihm nichts verkaufen oder vorschreiben wollte. Es handelte sich um einen schmalen Ast, ein Ästchen vielmehr, dessen Zweige in ihrer Beschaffenheit und Anordnung ihn an eine Tänzerin denken ließen. Sie half ihm durch das Durcheinander hindurch und hinaus, und er bekam Lust, ins Kino zu gehen.

Kurz nachdem Roland fort war, fuhren zwei Müllwagen auf den Platz und entluden ihre Tagesfracht. Ein entsetzlicher Gestank breitete sich aus. Eine dreibeinige Katze flüchtete sich in einen Hauseingang, ein Spatz fiel tot vom Bistrotisch eines Cafés und darüber flatterte ein Schmetterling. Eine schöne Frau wollte aus dem Fenster springen, aber als sie sah, was sich unten zutrug, stach sie sich lieber ein Küchenmesser in den Bauch und sank tot auf die Fensterbank. Der Nachbar von gegenüber hatte alles gesehen, lachte und spuckte aus dem Fenster. Die Spucke landete auf dem Kopf einer besoffenen, zerlumpten Alten, die erbärmlich zu schreien begann. Und wenn sie nicht gestorben ist, dann schreit sie auch noch heute.

Außer Roland wollten den Film nur noch drei andere Menschen sehen. Er sank in den Kinosessel und schloss die Augen. Dann trank er einen großen Schluck kaltes Bier und segnete das kleine Programmkino, das keine Werbung oder Vorschauen zeigte.

Der Protagonist des Films befindet sich in seinem Zimmer in einer Entzugsklinik für Alkoholkranke. Er schreibt das Datum seines selbstgewählten Todestages auf den Spiegel. Ein einziger Tag bleibt ihm noch. Er verlässt die Klinik und fährt nach Paris. Weder bei Freunden noch Geliebten findet er eine Antwort darauf, was einen Mann ausmacht. In einem Café erleidet er einen Rückfall, beginnt wieder zu trinken und irrlichtert durch die Straßen und Parks der Stadt. In sein Gesicht hat sich das blanke Entsetzen eingebrannt. Ein letztes Mal kehrt er am folgenden Morgen in die Entzugsklinik zurück. Er regelt persönliche Dinge und schießt sich mit einer Pistole ins Herz. Über das Bild des Toten, der mit offenen Augen auf einer Chaiselongue sitzt, wird ein Text eingeblendet: *Ich bringe mich um, weil ihr mich nicht geliebt habt und ich euch nicht. Ich bringe mich um, weil unsere Beziehung zueinander zu lose war, um sie enger zu knüpfen. Ich hinterlasse auf euch einen unauslöschlichen Fleck.*

Nach der Vorstellung fragte eine Frau, die auch im Saal gewesen war, Roland nach einer Zigarette. Er zitterte die Schachtel aus seiner Jacke heraus und bat die Frau, sich selbst zu bedienen und ihm ebenfalls eine anzuzünden.

»Ein grausamer Film, oder?«, sagte die Frau und zog ein Stück Schokolade aus ihrer Handtasche. Sie löste die Verpackung und wickelte sie um den unteren Teil des Plättchens.

»Hier«, sagte sie, »aber langsam essen. Dann geht's dir gleich besser.«

Der Zucker wirkte schnell, und sie gingen ein Stück gemeinsam. Roland fragte, was sie mit *grausam* meine, und sie antwortete, die erbarmungslose Entschlossenheit und die unerbittliche Durchführung eines Gedankens, der nicht umkehrbar sei.

»Das klingt wie aus einem Buch«, sagte Roland.

»Ist es auch, etwas vereinfacht allerdings.«

»Es klingt auch nach jemandem, der schon lange tot ist.«

Sie fragte, was er mit *schon lange* meine, und er antwortete, nur sehr wenige Menschen seien heute überhaupt noch in der Lage, einen solchen Gedanken zu formulieren. Sie sagte, das sei auch in früheren Zeiten schon der Fall gewesen, und dann ging sie erst einen Schritt, dann zwei, drei, vier, während Roland zurückblieb.

— Ich heiße Laura,

dachte die Frau, aber sie bekam kein einziges Wort mehr heraus.

— Ein Hübscher. Ein bisschen zittrig, aber das geht vorbei.

— Ich heiße Roland,

dachte Roland, aber er bekam kein einziges Wort mehr heraus.

— Ich habe zuerst gar nicht gesehen, wie hübsch sie ist.

Dann sah Roland ihr gedankenlos dabei zu, wie sie rauchend die Straße hinunterging. Plötzlich hielt neben ihm ein Bus, und er stieg ein. Als sich die Türen geschlossen hatten, drehte sie sich um, aber Roland war verschwunden. Er fuhr aus der Stadt heraus, bis zur Endstation Roseneck, wo er in einem Restaurant ein Schnitzel aß. Er ärgerte sich darüber, dass er eingestiegen war, und dann dachte er wieder an den Film, die erbarmungslose Entschlossenheit und die unerbittliche Durchführung.

Zurück in der Stadt, ging er die Straßen und Bars in der Nähe des Kinos ab. Von der Frau fehlte jede Spur.

Zuhause schrieb Roland zunächst lose Gedanken auf. Als er etwas durchstrich, erinnerte er sich an die schwarzen Balken.

Von da an ging alles ganz einfach.

Er schrieb Seite um Seite bis zum nächsten Morgen und trank Bier um Bier. Der nüchternen Überprüfung am darauffolgenden Nachmittag hielten seine Ausführungen stand. Er kochte sich einen Kaffee und rauchte eine Zigarette dazu. Dann suchte er einen Antiquitätenhändler auf, um sich mit ihm wegen antiker Koffer zu besprechen.

Kirschblüte

Der Herbst verabschiedete sich mit einem stürmischen Meer aus Farben. Roland igelte sich in seiner Wohnung ein wie Tiere zum Winterschlaf in Baumstämmen oder Erdhöhlen. Mit dem Unterschied, dass er seine Körpertemperatur nicht herabsetzte, den Herzschlag und die Atmung nicht verlangsamte, nicht in einen schlafähnlichen Zustand fiel und sich auch nicht fünfzehn Kilogramm Zusatzgewicht angefressen hatte, von dem er die kalten Monate zehren konnte. Er schlief auch nicht auf Stroh oder Blättern. Waren es bei den Tieren lange Schlafphasen, die sich mit kurzen Wachphasen abwechselten, war es bei Roland genau umgekehrt: Er arbeitete mehr und mehr und schlief weniger und weniger. Und anstelle von Nüssen, Zapfen, Samen oder Pilzen bestand Rolands Vorrat aus verschiedenen Koffern, darunter ein Lederkoffer, ein Überseekoffer, ein Munitionskoffer aus Holz, ein Weidenkoffer und ein Tropenkoffer aus Kunststoff. Hinzu kamen altes Briefpapier und Umschläge, Siegellack, Notizbücher sowie Bücher über amerikanische Geschichte, Walt Whitman und Erfindungen des vorletzten Jahrhunderts.

Im Dezember sah Roland die Farben vergehen und die Dunkelheit einziehen, als hätte die Jahreszeit über Nacht gewechselt.

Der Neujahrstag begann mit einem klaren Himmel, der Roland Mut machte und ihn am Morgen in einen noch völlig leeren Tiergarten lockte. Welche guten Vorsätze er für sich selbst hatte?

»Wieder mit dem Rauchen anfangen«, sagte er zu sich selbst, lachte heiser und ging weiter.

Im Februar schien das Licht abhandengekommen zu sein. Roland hielt alles aus, die Zeit ohne Licht und den leise rieselnden Schnee. Sein *Fenster zum Hof* war das Schlafzimmer, das ebenso wie die Küche, die nach vorne zur Straße lag, einen Balkon besaß. Manchmal saß er dort eingehüllt in eine Wolldecke und schaute durch die Fenster in die beleuchteten Wohnungen seiner Nachbarn, in denen nichts Besonderes geschah, nicht mal ein Mord.

Seit Dezember hatte Roland mit niemandem mehr gesprochen. Er hatte auch niemandem von seiner neuen Wohnung erzählt. Er dachte, es wäre schön, eine vertraute Stimme zu hören, egal, was die Stimme sagen würde, wenn er nur eine hören könnte. Sie könnte davon sprechen, wie man bei einem Kind die Windeln wechselt oder welch eine Hundsgeburt der Chef auf der Arbeit ist. Aber Roland zwang sich dazu, mit niemandem Kontakt aufzunehmen. Er arbeitete, und wenn er nicht arbeitete, schlief er, ging ins Kino oder einkaufen.

Ende Februar war Roland dann eine getigerte Katze im Hinterhof aufgefallen. Immer, wenn er sie rief, gab sie miauend Antwort.

Im März stiegen die Temperaturen, wie sie seit einhunderttausend Jahren oder seit Beginn der Temperaturaufzeichnungen nicht mehr in diesem Monat gestiegen waren. Es wurde heller, es wurde wärmer und dann war es grell und heiß wie im Sommer, die Natur explodierte, sogar die japanischen Kirschbäume im Hinterhof begannen zu blühen.

Roland besah sich seine Arbeit der letzten Monate. Sieben Koffer mit sieben fiktiven Lebenswerken darin hatte er geschaffen. Es war das vorläufige Ende seines Zurückgezogenseins, und ihm wurde leichter ums Herz.

Roland stellte den ersten Koffer ins Schaufenster eines leerstehenden Ladengeschäfts in der Fasanenstraße, dessen Besitzer der Freund eines Freundes des Barkeepers der Bar war, die in der Nähe von Stewarts Wohnung lag. Roland hielt ein Ladengeschäft in Charlottenburg für einen besseren Ausstellungsort als einen drittklassigen Stripclub in Neukölln, wo außerdem der Whisky nicht schmeckte. Aus einem Holztisch, einem Klappstuhl und dem Koffer hatte er ein einfaches Schreibstubenensemble arrangiert. In dem schlichten, stabilen Lederkoffer befanden sich dreihundertvierundachtzig Reclamhefte, bei denen er durch Schwärzungen des Titels und des Buchinhalts einzelnen Worten und ganzen Sätzen neuen Sinn gab. So wurde aus Arthur Schnitzlers *Liebelei* ein schlichtes *Ei*, und von Friedrich Nietzsches *Geburt der Tragödie* blieb nur ein *öde*. William Shakespeares Liebesdrama *Romeo und Julia* veränderte Roland so, dass Romeo und Julia anstatt zu sterben verarmt und glücklich in Jugoslawien leben. Roland hatte einige der geschwärzten Reclambücher aus dem Koffer genommen und sie auf den Schreibtisch gelegt. Auf einem Zettel daneben war ein kurzer Text zu lesen:

»Im Mittelpunkt der Arbeit *Rafael Hausmann* von Roland Steinberg steht eine skurrile Miniaturbibliothek. In einem

Koffer finden sich unzählige gelbe Reclamhefte, deren Inhalte durch akribische und mühsame Arbeit verändert worden sind. Autor dieser Neuschöpfungen ist der bislang unbekannte Rafael Hausmann. Der zurückgelassene Koffer bildet seinen künstlerischen Nachlass.«

Neben den Koffer stellte Roland ein Schild mit seinem Namen und seiner Telefonnummer. Am nächsten Abend hatte er vierzehn Nachrichten auf seinem Anrufbeantworter: Lobesbekundungen, Schmeicheleien und etwas *Made in USA*.

»Guten Abend, ich habe Ihren Koffer im Schaufenster gesehen. Ich habe ihn auch fotografiert, damit ich ihn meiner Frau zuhause zeigen kann. Ich komme nämlich nicht aus Berlin, sondern aus Freiburg. Alles Gute Ihnen, toi toi toi.«

»Hey Roland Steinberg, geniale Arbeit. Wenn du magst, lad ich dich auf ein Bier ein. Ich bin heute Abend im *Visite ma tente* in der Christinenstraße.«

»Yeah, it's really his number. Hello? Mr. Steinberg, my wife loves that suitcase. How much is it? If there's a green one, also, let us know. We are staying at the Hotel Bogota. Paul and Valery Clarke. Thank you. Bye-bye!«

Ein anderer Anrufer wollte ein Interview mit Rafael Hausmann führen.

— Wie schade, kein Heiratsantrag,

dachte Roland.

Am übernächsten Tag hinterließ eine kleine Galerie eine Nachricht.

Im April zeigte Roland dort zwei weitere Koffer. Er nutzte die Eröffnungsrede der Galeristin, um sich nach draußen zu stehlen und zu rauchen. Vor der Galerie stellte sich ihm Lionel Herzog vor, seinerseits mit Galerien in Schöneberg und

New York sowie Verbindungen in die ganze Welt. Herzog bot Roland sein silbernes Zigarettenetui an, und Roland bediente sich.

»Mir gefällt die Idee mit den Koffern«, sagte Herzog und gab erst Roland und dann sich selbst Feuer.

»Die Möglichkeiten, die darin stecken und dass Sie ein Herz haben für diese am Rand arbeitenden, niemals in Erscheinung tretenden Schriftsteller, auch wenn Sie diese nur erfinden.«

»Aber es gibt solche Menschen ja wirklich«, sagte Roland.

»1972 war ich einer der Ersten in Henry Dargers Apartment. Seine Zeichnungen stapelten sich bis zur Decke.«

»Und wie kommen Sie jetzt hierher?«, fragte Roland.

»Mit meinem Fahrer.«

»Klar, aber wie haben Sie –«

»Mein Bruder hat mich angerufen.«

»Und der hat es woher –«

»Ich habe ihn nicht gefragt.«

»Geben Sie mir bitte noch eine Zigarette. Die sind gut.«

Sie rauchten und sahen in den Ausstellungsraum.

»Wie lange brauchen Sie«, begann Herzog, »sagen wir für zwei weitere Arbeiten?«

»Eine Viertelstunde«, antwortete Roland.

»Pardon?«

»Bis zu meiner Wohnung. Dort stehen noch vier weitere Koffer. Und japanischer Whisky.«

Aus der Galerie war verhaltener Applaus von einem halben Dutzend Menschen zu hören. Herzog bat Roland, einen Moment zu warten, er wollte für einen Sammler die beiden Koffer erwerben, die sich noch in der Galerie befanden. Als er nach drei Minuten wieder herauskam, hatte er von der

Galeristin auch den ersten Koffer des Rafael Hausmann, den Tisch und den Klappstuhl zusammen mit Fotos der Installation im Ladengeschäft erworben. Herzog reichte Roland einen Scheck.

»Für die beiden Koffer aus der Galerie.«

Roland warf einen Blick auf den Scheck. Die Summe darauf betrug das Zwanzigfache dessen, was er mit der Galeristin ausgehandelt hatte. Roland begann zu lachen, weil er Herzogs Auftritt inklusive des Schecks für eine gelungene Inszenierung hielt, Rolands Hoffnung auf ein Leben als Künstler zu entlarven. Aber Herzog blieb unbeeindruckt und wartete auf eine Antwort. Roland sagte, er habe einen Vertrag mit der Galeristin, den er erfüllen müsse.

»Jetzt nicht mehr«, sagte Herzog und bat Roland, den Scheck als Beginn einer guten Zusammenarbeit zu sehen.

»Dann sagst du ab sofort *Roland* zu mir.«

»Lionel.«

»Wie trinkst du deinen Whisky, Lionel?«

»Aus einem Glas«, sagte Herzog, und sie schlugen drauf ein.

Im Mai stellte Herzog Rolands poetisches Briefepos *Walter Weisemann*, das sich in einem braunen Überseekoffer befand, in seiner Galerie in der Lützowstraße aus. Parallel zeigte er die achttausend Seiten umfassenden amerikanischen Bürgerkriegsbeschreibungen von *Willie Falk* in einem schwarzen Munitionskoffer in New York. Der Erfolg bei Presse und Besuchern war groß. Eine Kritikerin der *New York Times* schrieb überschwänglich: *Roland Steinberg is an artist with a genius for evoking moods and feelings*.

Danach vermittelte Herzog Roland nach Japan, wo dieser in Tokio die Notizbücher des *Andre Pethke* in einem beigen, geflochtenen Weidenkoffer mit einem einfachen Seil als Trageriemen zeigte. Ende Mai kam Roland nach Zürich. Nach der Ausstellungseröffnung verschwand er allerdings für ganze zwei Monate von der Bildfläche. Herzog war darüber alles andere als glücklich, und Roland flog zu ihm nach New York, um reinen Tisch zu machen.

»Am Morgen nach der Vernissage sitze ich am See, in der Nähe der Galerie, in einem dieser Café-Pavillons, und trinke einen Espresso«, sagte Roland zu Herzog.

»Im linken oder rechten?«

»Macht das einen Unterschied?«

»Nein«, sagte Herzog, »nur aus Interesse.«

»Ich trinke meinen Espresso und werde von zwei außerordentlich gut angezogenen Herren eingeladen, mit ihnen einen Schnaps zu trinken.«

Roland bat Herzog um eine Zigarette, und der reichte ihm sein Etui.

»Danke. Der eine hieß Stan, der andere Henri. Die Nachnamen habe ich vergessen. Als wir den ersten Schnaps getrunken hatten, ist plötzlich der, der Stan hieß, von seinem Stuhl aufgesprungen und hat eine alte Dame nach dem Weg ins Bordell gefragt.«

»Ins Bordell?«

Herzog nahm ein Büchlein aus seinem Jackett und notierte: »Zürich, Pavillon vor der Galerie, Stan, alte Dame, Bordell.«

»Dann hat er gelacht und Henri hat gelacht und ich habe auch gelacht, denn die Alte ist mit hochrotem Kopf abgedampft. Anschließend haben wir noch einen Schnaps getrunken, und Henri ist aufgesprungen und zu einem katholischen Priester gelaufen, der am Ufer des Sees spazieren ging. Und dann hat er den Priester aufs Übelste beschimpft.«

Herzog notierte: »Henri, katholischer Priester, beschimpft.«

»Der Priester hat erst noch versucht, mit Henri zu sprechen, aber das machte überhaupt keinen Sinn, denn er ließ ihn gar nicht aussprechen, sondern schimpfte weiter auf ihn ein. Gesichtstrottel, hat er gesagt, und luftleere Knalltüte. Daran erinnere ich mich noch.«

»Aber Roland, zwei Monate ohne ein Sterbenswörtchen?«

»Nach dem dritten Schnaps ist dann noch einer dazu gekommen, Charles, ebenfalls exzellenter Anzug, ein bisschen schmal im Gesicht. Sah aus, als käme er gerade aus einer Anstalt, einem Spital oder einem Irrenhaus zurück, ich hab vergessen, was es war. Er hat uns alle eingeladen, mit ihm nach Marokko zu kommen, per Schiff. Ein sehr freundlicher und zuvorkommender Mensch, der aber schon seit seiner Volljährigkeit entmündigt war. Trotzdem hatte er genügend Geld zur Verfügung, um zumindest mir die Zugfahrt nach Genua und dann die Überfahrt nach Marokko zu bezahlen. Stan und Henri sind in Zürich geblieben, aber ich wollte schon immer mal nach Marokko. Casablanca, Lionel.«

Herzog notierte: »Stan und Henri, sehr zuverlässig! Performance-Künstler. Nachnamen? Fernhalten von Charles, Marokko.«

»Kein Anruf, nicht mal eine Karte hast du geschrieben.«

»Das lag an Charles' ausgeprägtem Hang zu schönen Frauen und letztlich auch an seinem ausgeprägten Hang zum Kif. Und da haben wir die Zeit vergessen oder sie uns.«

»*Du* hast die Zeit vergessen, Roland.«

»Einmal waren wir in so eine Schlägerei verwickelt und –«,

setzte Roland an, aber Herzog unterbrach ihn.

»Wenn ich nicht Bescheid weiß, wo du bist, ist das nicht gut für unser Geschäft. Also ruf' mich an, wenn so etwas noch einmal passieren sollte.«

»Bitte entschuldige, Lionel.«

»Entschuldigt.«

»Und weiter?«

»Gib mir etwas, das ich verkaufen kann, und ich verkaufe es. Und jetzt geh zur Rivington Street 125, nördlich der Delancey Richtung Williamsburg Bridge, Hank's Tailor Shop. Sieht unscheinbar aus von außen, aber Hank schneidert die besten Anzüge der Stadt. Der erste geht auf mich. Lass dir mindestens zwei machen, auch Hemden dazu.«

Dann verschwand Herzog hinter einer der Türen seines New Yorker Apartments.

Ende Juli. Die Sonne brannte auf die Stadt nieder. Roland fragte sich, wann er das letzte Mal etwas anderes als eine Badehose und ein Unterhemd getragen hatte. Er trank abwechselnd Kaffee, Whisky und Wasser und aß ab und zu einen Apfel. Zu jeder vollen Stunde duschte er sich kalt ab, dann setzte er sich wieder an den Schreibtisch, um über Literatur, Biografien und Koffer nachzudenken.

Während er arbeitete, organisierte Lionel Herzog die nächsten Ausstellungen, sprach mit dem Sammler Jan Lahers und ließ Kataloge vergangener Arbeiten drucken. Roland sah kleine Zahlen auf seinem Konto größer werden, und hinter den Zahlen mehr und mehr Nullen. Er beschloss, sich einen Anwalt zu nehmen, Karl Durant.

Lionel Herzog hatte er in dieser Zeit nur ein einziges Mal zu Gesicht bekommen, und das war purer Zufall: Roland fuhr Anfang Juli übers Wochenende zu einem Huskyrennen nach Grönland und saß in einem Banja, einem russischen Dampfbad, als die Tür aufging und Lionel, wie Gott ihn geschaffen hatte, mit einer umwerfend schönen Chinesin hereinkam, deren Haut fast durchsichtig war. Sie nickten sich kurz zu, und ein paar Minuten später ging Roland wortlos hinaus.

Der Juli und der August vergingen, die Hitze blieb. Der Kaffee blieb, der Whisky blieb, das Wasser blieb auch, aber die Äpfel tauschte Roland gegen Apfelsinen ein, dann gegen Birnen, gegen Mangos, gegen Papayas, gegen Bananen. Roland hatte seine nächste Arbeit fertig gestellt. Sie hieß *Bert Wals* und bestand aus einem Tropenkoffer aus Kunststoff, in den er ein Konvolut unveröffentlichter Romane sowie eine Reihe nicht patentierter Erfindungen gelegt hatte. In der fruchtbaren Geschäftsbeziehung zwischen Roland und Lionel Herzog gab es weiter nur eine Richtung: aufwärts.

Im September zogen die Weißstörche über Südosteuropa nach Afrika und die Graugänse über die Beneluxstaaten nach Spanien und Portugal.

Oktober. Die nassen Blätter bedeckten beinahe gänzlich den Asphalt.

Mitte Dezember. Die Bäume hatten all ihre Blätter abtropfen lassen. Die Tage der abnehmenden Farben und des abnehmenden Lichts drückten Roland herunter, ohne dass er sich dagegen wehren konnte.

— Zwischen den Bäumen breitet sich Nebel aus, als müsste hier draußen gleich ein Mord geschehen,

dachte er in eine Grabesstille hinein.

Am Weihnachtsabend stand Roland auf dem Küchenbalkon.

»Dezemberlicht, Nachtessen, Schneeluft. Heute vor fünf Jahren war auch Weihnachten«, sagte er zu sich selbst.

Kirchenglocken begannen zu läuten, und Menschen bildeten Trauben und gingen unten auf der weißen Straße entlang. Es begann wieder zu schneien, aber die Schneeflocken fielen nicht herab, sondern sie tanzten vor Rolands Gesicht in der Luft hin und her.

— Der Schnee deckt vieles zu. Leider bleibt er nie lange genug liegen,

dachte Roland.

Am nächsten Morgen zeigte das Thermometer minus zehn Grad an. Im Hauseingang gegenüber sah Roland einen Waschbären, der in einen Einkaufswagen geklettert war und seine Schnauze in eine Plastiktüte gesteckt hatte, sowie einen Postboten, der am ersten Weihnachtstag ganz unbeirrt Post austrug.

— Ein Unmenschliches vollbringender Mensch,

dachte Roland.

Es wurde Januar. Und wie im Jahr zuvor begann der Neujahrstag mit einem klaren Himmel, der Roland am Morgen in den Tiergarten lockte. Welche guten Vorsätze er für sich selbst hatte?

— Die Ruhe vor der Ankunft des Windes, der aus Sibirien unterwegs ist. Ich habe Angst vor der Zeit ohne Licht.

Es wurde Februar. Die Gegend um den Belle-Alliance-Platz war in ihrer Trostlosigkeit einzigartig. Die unbeleuchteten Weihnachtsdekorationen baumelten vergessen und verlassen im Wind über der Straße. Ganz langsam rieselte der Schnee zu Boden, geräuschlos und schön, und Roland legte seinen Kopf in den Nacken, um die Flocken auf seinem Gesicht schmelzen zu spüren. Doch dann verwandelte sich der Schnee in Asche, und er ging schneller, lief weiter, so schnell er nur konnte, bis aus der Asche wieder Schnee wurde.

— Im Februar durch die eisbedeckten Straßen gehen und nichts und niemanden wiedererkennen und tatsächlich nichts und niemanden überhaupt mehr kennen,

dachte Roland.

Dann wieder der unerwartete Temperaturanstieg im März, die Helligkeit, die kurzzeitige Hitzeexplosion und die Kirschblüte im Hinterhof. Ein ganzes Jahr war vergangen. Roland legte sich unter einen der Kirschbäume und wartete, bis die Blüten auf ihn herabregneten.

Roland arbeitete Tag um Tag, Woche um Woche, Monat um Monat, Jahr um Jahr, Koffer um Koffer. Wenn er nicht arbeitete, fuhr er zu seinen Ausstellungen nach Shanghai und Hongkong, Paris und London, Rom und Palermo. Vielen Menschen begegnete Roland auf den Meeren der Welt, in seinen Heimathafen lief er aber stets alleine ein. Wie überschwänglich er auch gefeiert wurde, er wagte es nicht, an die Seite seines Bootes zu schauen, was die Haie von dem Riesenfisch, den er gefangen hatte, übrig gelassen hatten.

— Ach,

dachte Roland, als er von seiner Ausstellung aus Lissabon zurückgekehrt war und erschöpft aufs Bett fiel,

— ein Mensch müsste alle Menschen gleichzeitig sein können.

Dann schlief er ein.

»Sieh dir mal diese Palme an, Roland«, sagte der Mann in Rolands Traum, ein Südländer, Spanier vielleicht oder Portugiese.

»fällt dir gar nichts auf?«

»An der Kokospalme?«

»Manche nennen sie auch Baum des Himmels.«

»Mir fällt nichts auf. Oder doch. Die Lage hier ist zu hoch für ein Palme.«

»Die Lage der Insel stimmt auch nicht, zu weit nördlich.«

»Sie ist also die einzige ihrer Art auf der Insel?«

»Ja, außerdem müsste der Boden lehmhaltiger sein.«

»Und woher kommen die Nährstoffe?«

»Und wie schaffen es die Wurzeln überhaupt durch den steinharten Boden?«

»Verrate du's mir«, sagte Roland.

»Die Wurzeln sind nicht dicker als Bleistifte. Vom Stamm aus gesehen erstrecken sie sich eigentlich sechs, sieben Meter in alle Himmelsrichtungen. Und jetzt schau dir das an.«

Ein paar Meter neben der Palme grenzte die Steinmauer eines kleinen Wohnhauses an. Jemand hatte an der Außenwand ein Loch gegraben, das etwa einen Meter tief war. Am Grund war eine armdicke Wurzel zu sehen.

»Gehört die zur Palme?«, fragte Roland.

»Sie reicht beinahe ums ganze Haus herum«, sagte der Mann.

»Sie hat in dieser Umgebung nicht nur überlebt, sondern ist auch stärker geworden als eine normale Palme.«

»Als hätten sich die bleistiftgroßen Wurzeln alle zu einer großen Wurzel zusammengeschlossen, die sich ihren Weg durchs Gestein gesprengt hat.«

»Wegen des Wassers vor allem, das am Haus abfließt und sich an der Grundmauer sammelt.«

»Hörst du das?«, fragte Roland, sich nach einem Geräusch umsehend und umhörend.

»Das ist dein Telefon«, rief der Mann ihm aus der Entfernung zu, »vergiss nicht meinen Namen, Anton Schmidt. Und jetzt wach auf.«

Roland verkroch sich unter die Bettdecke und hielt sich die Ohren zu, bis das Telefon aufgehört hatte zu klingeln. Traumlos schlief er weiter. Stunden später wachte er langsam auf, döste aber wieder ein und träumte von einem Kamel, dem eine Blume aus dem Huf wuchs.

Nur achtundvierzig Stunden später nahm Roland den neunhundertsiebenundsechzigsten Bleistift und spannte ihn mit dem hinteren Ende in eine Bohrmaschine. Die Mine steckte er in einen einfachen Anspitzer, der wiederum in einen Schraubstock eingespannt war, und schaltete die Bohrmaschine ein. Innerhalb weniger Sekunden hatte er den Bleistift heruntergespitzt. Mit dem Stummel machte er ein paar Striche auf ein über und über mit Bleistiftstrichen versehenes Blatt Papier und bearbeitete ihn danach mit Schleifpapier, damit es so aussah, als sei der Stummel auch tatsächlich über einen längeren Zeitraum zum Schreiben benutzt worden. Dann warf er ihn zu den neunhundertsechsundsechzig anderen in einen Sperrholzkoffer und atmete durch. Der Fußboden seines Zimmers war übersät mit Bleistiftspänen. Es sah aus wie in einer Tischlerwerkstatt, und es roch auch so. Rolands Hände und sein Kopf schmerzten. Er öffnete das Fenster, nahm ein Aspirin und legte sich zum Schlafen unter den Küchentisch.

— Wie ein Hund,

dachte Roland, aber er konnte den Willen nicht mehr aufbringen, ins Schlafzimmer zu gehen.

Am nächsten Morgen signalisierte ihm sein Rücken, er werde einen harten Schlafplatz wie den der letzten Nacht kein weiteres Mal gelten lassen.

Roland nahm einen langen Bleistift zur Hand und schlug ein schwarzes, fadengeheftetes Notizbuch auf.

Ich hinterlasse dieser Welt nichts Geschriebenes. Nur mein Schweigen und damit die Stille. Anton Schmidt

Er schlug das Notizbuch zu. Vor ihm auf dem Tisch lagen außerdem ein rotes Etui mit einem Radiergummi, einem Anspitzer, einem Bleistifthalter sowie vier Kaffeedosen mit Asche und der Sperrholzkoffer, in den er die neunhundertsiebenundsechzig Bleistiftstummel gelegt hatte, die den gesamten Boden des Koffers fünf Zentimeter hoch bedeckten. Roland steckte den Bleistift ins Etui, zog den Reißverschluss zu und legte es zusammen mit den Kaffeedosen und dem Notizbuch in den Koffer. Er klappte ihn zu und verschloss die Lederriemen.

Roland ging zum Telefon und rief in der Pension an, in welcher er Dokumentarfotos vom Koffer machen wollte. Roland hatte sich ein bestimmtes Zimmer ausgeguckt, das der von ihm erfundene Schriftsteller Anton Schmidt zur Untermiete bewohnt haben könnte. Roland würde sechs bis zwölf Fotos im leerstehenden Zimmer machen, auf denen sowohl das Lebensumfeld als auch der Koffer zu sehen waren. Ein Text, den er zusammen mit den Fotos ausstellen wollte, stellte Schmidt als Hilfsschullehrer vor, der spurlos verschwunden war und als einzigen persönlichen Gegenstand den Koffer im Zimmer zurückgelassen hatte. Die Gegenstände darin deuteten darauf hin, dass Schmidt im stillen Kämmerlein geschrieben, seine Werke aber allesamt aus unbekannten Gründen verbrannt hatte. Die Bleistiftstummel, die Asche und die anderen Dinge sah Roland als einzige, stumme und letzte Zeugen dieser Arbeit an. Zudem wollte Roland offenlassen, ob es sich bei Anton Schmidt nicht doch um eine reale Person gehandelt haben könnte.

Der Besitzer der Pension meldete sich am anderen Ende der Leitung, und Roland verabredete sich mit ihm für den kommenden Tag.

Wieder ein Monat März. Es war Rolands zweiundvierzigster März. Und wieder begann das Leben mit der Kirschblüte.

Im August besprachen Roland und Lionel Herzog die letzten Einzelheiten für eine Werkschau im Hamburger Kunstsalon, und Lionel gestand Roland, es sei ihm unter keinen Umständen möglich, nach Hamburg zu kommen, er bitte um Entschuldigung. Das Finanzielle sei jedoch geklärt, Jan Lahers habe die Anton-Schmidt-Fotos, die Roland als einzige neue Arbeit in der Ausstellung zeigen wollte, schon für sich reserviert.

»Du bist entschuldigt, Lionel.«

Nachdem Roland die Fotoabzüge erhalten hatte, die Anton Schmidts letzte Wohnstätte, sein Verschwinden und den zurückgelassenen Koffer zeigten, wollte er jemandem, egal wem, brutal von hinten in die Beine treten. Wenigstens war nicht die Arbeit an sich zerstört worden, sondern nur die Abzüge waren misslungen. Familienalbumformat. Niedlich, aber nicht das, was er bestellt hatte. Die Farben stimmten auch nicht, viel zu gelb und blass wie ein Gespenst. Außerdem fehlte ein Foto, und dafür war ein anderes doppelt abgezogen worden.

Roland rief im Labor an.

»Tom's Foto, Viktor am Apparat.«

»Steinberg, ich möchte bitte Tom sprechen.«

»Ich habe das Labor von Tom übernommen. Vor einem halben Jahr. Kann ich Ihnen weiterhelfen, Herr –?«

»Nur, wenn Sie mich weinen sehen wollen.«

»Bitte?«

»Nein, können Sie nicht. Nichts für ungut.«

Roland legte auf, riss die Fotos in der Mitte durch und warf sie zum Fenster hinaus.

»Fliegt, meine Täubchen«, rief er ihnen hinterher. Aber sie taugten auch als Tauben zu nichts und fielen einfach zu den ersten abgefallenen Kastanienblättern auf die Straße.

Roland ging zum Telefon und wählte erneut.

»Hello?«, meldete sich Stewart Redmer charmant, als erwarte er Damenbesuch.

»Stewart, hier spricht Roland«, sagte Roland langsam und laut, damit Stewart ihn gut verstehen konnte.

»Roland, it's so good to hear you.«

Es würde der Tag kommen, an dem Roland Stewarts Nummer wählen und eine Automatenstimme antworten würde: Kein Anschluss unter dieser Nummer.

Stewart hatte in der vorigen Woche mit Roland seinen zweiundneunzigsten Geburtstag gefeiert, und Roland hatte gedacht, Stewart möge länger leben als der Tod. Sie waren in ein Fischerdorf an der polnischen Ostseeküste in Hinterpommern gefahren. Dort saßen sie stundenlang am Strand, und Stewart erzählte Roland aus seinem Leben und von seinen Fotografien, die er zum Thema Bewegung gemacht hatte. In einer Pariser Druckwerkstatt hatte er die Motive auf spezielles Lumpenpapier drucken lassen.

Roland wollte Stewart jetzt um Namen und Adresse der Werkstatt bitten.

»Stewart, ich brauche deine Hilfe. Kann ich kurz bei dir zuhause vorbeikommen?«

»Roland, I'm ninety-two years old, I'm not going anywhere.«

Vom Balkon seines Schlafzimmers aus machte Roland einen Riesenschritt zu Stewarts Wohnung in der Nähe der Hasenheide. Stewart stellte gerade einen Karton zum Altpapier an den Straßenrand.

»Roland? How'd you get here so quick?«

»Stew, what the fuck are you doing? Was machst du da?«

»I'm finished, Roland.«

»Wir sind alle am Ende, Stew.«

»I got a letter from Fellini. It was in my book. Not everybody gets a letter from Fellini, Roland.«

Stewart kniete sich vor den Karton und kramte darin herum.

»Und wo ist das Buch jetzt, Stew, doch nicht da im Altpapier, oder?«

»They picked up the trash yesterday, Roland. This is just *Old Trades*, a sequence I shot in Scotland and Switzerland back in the days.«

»Deine Handwerkerserien? Was haben sie gestern abgeholt, das Buch mit dem Brief von Fellini?«

Roland kniete sich neben Stewart und suchte nach dem Buch mit dem Brief darin. Vergeblich.

»Roland, I'm finished.«

Stewart hatte Roland erzählt, dass er vor Jahren alle Negative seiner Fotografien vernichtet und nur repräsentative Abzüge behalten hatte. Er habe alles selber abgezogen und gedruckt, niemand solle mehr in Versuchung geraten, einen schlechten Print von einem seiner Fotos zu machen.

In Stewarts Wohnung bereitete Roland einen grünen Tee zu und fragte Stewart nach Paris und der Werkstatt.

»Roland, I was a quality worker and didn't care about ressources. Whenever I printed something the printer went out of business afterwards.«

Das sei eben der Preis für Maßarbeit, sagte Stewart, und Roland dachte, Stewart verwechsle da etwas.

»I got offers from Hollywood but wanted to stay in Europe. You know, I was working with Louis Malle and Belmondo.«

Stewart war einmal gut im Geschäft gewesen. Die Welt der Fotografie hatte ihn mit den Jahren ganz einfach vergessen, und als er es noch einmal wissen wollte, schlichtweg ignoriert. Deshalb stellte er seine Arbeiten an die Straße. Stewart sprang zwischen der Pariser Druckwerkstatt und seiner Zeit als Setfotograf in Paris hin und her, und Roland ließ ihn. Während Stewart erzählte, wurden seine Augen jünger, seine Stimme fester und seine Gesten eindeutiger.

»Roland, one morning I came to the set and they weren't there. Some guy said they were shooting at rue de la so and so, and I told the guy to take me there immediately and I saw Belmondo jump over that wall and took the shot, one shot, that's all. Later they made a poster from it for the movie and it was all over Paris.«

— Wie kommt es,

dachte Roland,

— dass einer schon vor der Ausstellungseröffnung oder sogar vor der Fertigstellung ein Werk an bevorzugte Kunden verkauft und ein anderer sein gesamtes Werk nach und nach zur Papiertonne trägt?

Stewart öffnete das Fenster.

»Hello, Mr. Redmer«, rief eine kleine Dicke mittleren Alters von der anderen Straßenseite im Vorbeigehen herüber, und Stewart hob die Hand zum Gruß.

»Roland, take a look. Oh, how I hate that woman!«

Stewart machte ein Gesicht wie ein Kleinkind, das in eine Zitrone gebissen hatte.

»She used to do my laundry, you know. But then she tried to kiss me, Roland. Can you imagine? She tried to kiss me! You can't just kiss somebody when you do their laundry, Roland.«

»Was machst du in den nächsten Tagen, Stew? Wir könnten was essen gehen.«

»Roland, what a nice idea. And the weather is nice, too.«

»Und du kannst mir etwas aus deiner Autobiographie vorlesen, ja?«, fragte Roland und wusste nicht, wie Stewart reagieren würde. In seinem Alter wurde es ihm manchmal von der einen auf die andere Sekunde zu viel, und dann begann er sich abzuschotten oder zu schimpfen.

Es war ihm nicht zu viel.

»My ears became my eyes, Roland. Can you believe that line? I wrote it yesterday. My ears became my eyes. I was living in Bern and from inside the house I heard some kids passing by outside. My ears became my eyes, Roland.«

»Früher bist du ein Dichter mit der Kamera gewesen, Stew. Heute malst du mit Worten.«

»Exactly, Roland, exactly.«

»Siehst du, du bist doch noch nicht am Ende, Stew.«

»No no, I'm finished, Roland.«

Roland war, als spräche er zu sich selbst, als wäre er identisch mit Stewart Redmer. In zwanzig oder dreißig Jahren würde er genau dasselbe Schicksal teilen, egal, wie viele

Koffer er in der alten oder neuen Welt verkaufen würde. Lionel wäre längst in den ewigen Jagdgründen und würde dort mit Jan Lahers am Feuer sitzen. Die nächsten Generationen von Künstlern und Dichtern würden unerbittlich nachdrängen, ihre Schwerter schärfer als die der Samurai. Und auch, wenn sie weniger Mut und überhaupt keine Ehre besäßen, wenn sie Hyänen wären und keine Leoparden, würde sie etwas anderes antreiben, von dem noch niemand sagen konnte, was es sein würde. Es wären Menschen, die in diesen Sekunden geboren wurden und die ebenso nach etwas suchten und nicht aufgeben würden, bis sie es gefunden hätten. Und sie hätten auch ein Anrecht darauf, zu leben, zu lieben, zu arbeiten, zu scheitern und sich wieder aufzurichten und so erfolgreich zu sein wie Roland es jetzt war. Wenn Roland Glück hätte, würde er, anders als Stewart, nicht mehr mitbekommen, wie seine Arbeiten in der Zukunft vergessen werden würden.

Roland sah Stewart am Fenster stehen und mit leeren Augen hinausblicken.

»Stew, wegen des Essens. Passt dir morgen Mittag?«

»Roland, I'm ninety-two years old, I'm here, I'm not going anywhere.«

»Dann hol ich dich gegen ein Uhr ab.«

»Roland, what a line – my ears became my eyes.«

»A great line, Stew. Bis morgen dann.«

»Ciao-ciao!«

Vorm Haus durchsuchte Roland ein weiteres Mal die Kiste und fand schwarz-weiße Vintage-Prints von Handwerkern aus Schottland und der Schweiz, die Stewart selber abgezogen hatte. Einer der Arbeiter flickte ein Fischernetz, der andere baute ein Segelboot. Jeweils sechs Fotos, rückseitig datiert und signiert. Roland nahm die Fotos heraus

und ließ die Kiste stehen. Den Bootsbauer würde er Lionel schenken. Den Netzeflicker würde er selbst behalten.
Als Roland nach Hause kam, hatte er den Unmut über die versauten Anton-Schmidt-Fotos und Stewarts Altersstarrsinn, oder besser: Alterspoesie bei einem Kamel im Tierpark in der Hasenheide gelassen. In welchem Labor oder in welcher Druckerei sollte er seine Arbeit nun fertig stellen? Auf dem Anrufbeantworter war eine Nachricht von Lionel. Jan Lahers habe für die Anton-Schmidt-Fotos bereits einen Scheck geschickt. Das war natürlich eine gute Nachricht, auch wenn die Abzüge noch gar nicht existierten.

Und wieder achtundvierzig Stunden später war Roland mit der brüllenden Schlange zum Berliner Flughafen Tegel gekrochen und von dort über Frankfurt am Main und Salt Lake City nach Wendover geflogen, einem Kaff mit 1.500 Einwohnern. Eine Hälfte der Stadt gehörte zum US-Bundesstaat Utah, die andere zu Nevada.

Roland hatte sich einen Chevrolet geliehen und war zur großen Salzwüste aufgebrochen, die er aus dem Flugzeug gesehen hatte. Nach seinem Ausflug in die Wüste wollte Roland die Arbeit mit Frank Lido in Wendover aufnehmen, einem Drucker, den ihm Lionel Herzog empfohlen hatte. Lido sei ein beschäftigter Mann und drucke nicht jeden, hatte ihn Lionel gewarnt. Roland solle sich also konzentrieren und sich so kurz wie möglich halten.

Roland war aus dem Chevrolet ausgestiegen und hatte erst einen Schritt gemacht und dann noch einen und immer so weiter. Er war in die Salzwüste hineingegangen, die eine seltsame Faszination auf ihn ausübte.

Der Glanz der Salzkristalle schmerzte in Rolands Augen. Die Hitze war von allen Seiten in seinen Körper eingedrungen und hatte sich dort ausgedehnt. Seine Beine bewegten sich beinahe ohne seinen Willen, schwer und langsam. Er verspürte weder Hunger noch Durst und überhaupt keinen Antrieb außer dem des Aufgebens.

Roland drehte sich um und sah den Chevrolet nur noch als kleinen, flimmernden, schwarzen Punkt. Er erschrak vor der Distanz, die er zurückgelegt hatte, und strich mit der Hand über den Boden, um einige der Kristalle zu kosten, die salziger waren als alles, was er bis dahin geschmeckt hatte.

— Wie sauber es hier ist,

dachte Roland,

— und so vollkommen still.

Er hielt seine Hand gegen den wolkenlosen Himmel, der weit und blau war, und begann eine improvisierte Melodie vor sich hin zu summen.

Selbst wenn er an den Chevrolet gedacht hätte, immer und immerzu, hätte er ihn trotzdem aus den Augen verlieren können. Zu weit war er in die Salzwüste hineingegangen, tatsächlich nur wenige hundert Meter, aber diese Entfernung hätte ausgereicht, um nicht wieder herauszufinden. Ein Ortskundiger hätte sich an den Landschaftsformationen am Horizont, am Stand der Sonne oder des Mondes orientieren können. Roland dagegen wäre einfach so lange in immer kleineren Kreisen gelaufen, bis er verdurstet wäre, einen Hitzschlag erlitten hätte oder erfroren wäre.

Roland konnte nicht mit Sicherheit sagen, dass es sich bei dem Punkt, den er jetzt am Horizont sah, um den Chevrolet handelte, aber ging in dessen Richtung und hatte Glück. Dort stand der Wagen.

Die Druckwerkstatt befand sich nicht in Utah, sondern in Nevada. Roland hatte das gehofft. Er wollte sich nach der Arbeit noch amüsieren.

Frank Lido war ein kleiner, dunkelhaariger Mann Ende fünfzig. Er hatte Geschmack und Visionen und wusste genau, was er tat. Er hatte wenig Zeit für Roland, weil er für Kunden in der ganzen Welt druckte. Aber Frank Lido gehörte nicht zu den Menschen, denen man alles zweimal sagen musste und die es dann trotzdem durcheinanderbrachten – Frank Lido war das genaue Gegenteil. Ohne viele Worte zu verlieren, arbeitete er präzise, ohne Kompromisse, und was am Ende auf dem Tisch lag, war von unvergleichlicher Qualität. Als Papier für Rolands Drucke schlug er etwas Spezielles vor, das er gerade mit einer kleinen, deutschen Papiermühle entwickelt hatte. Das Papier war mit einer Streichtechnik produziert worden, deren geheime Rezeptur von 1890 stammte. Zudem war die Beschichtung aus rein organischem Material, ohne Chemie oder optische Aufheller. Lido sagte, er benutze dieses Papier hauptsächlich für Bücher, damit sie keine gelben Ränder bekämen. Es eigne sich also auch hervorragend für alles, was an eine Wand gehängt werde. Er habe in den letzten Wochen auch unterschiedliche Tinten auf dem Papier getestet und müsse jetzt nicht mehr lange experimentieren, wenn er es in den unterschiedlichsten Zusammenhängen benutze.

Roland bestellte zur Sicherheit drei großformatige Printsätze der Anton-Schmidt-Bildmotive und eine zusätzliche Edition aus vierzig Exemplaren in etwas kleinerem Format. Lido bedankte sich bei Roland für die angenehme Arbeitsweise, er sagte, er habe in einem der Büroräume einen italienischen Fotografen liegen, der ihm mit einem Buchprojekt nun schon seit zwei Wochen auf die Nerven gehe. Am liebsten sei es ihm, seine Auftraggeber gar nicht zu Gesicht zu bekommen, deshalb habe er sich am Rand der Wüste in diesem Kaff niedergelassen. Um zu arbeiten, nicht weil er die Aussicht schätze oder sich den ganzen Tag bei seiner Arbeit bewundern lassen wolle. Dann sagte er zu Roland, es werde schon in den nächsten Wochen ein Wiedersehen geben, nicht persönlich, aber Roland werde verstehen, was er meine, wenn es so weit wäre. Lido grinste kurz wie einer, der schon mit dem Mädchen im Bett war, das aus der Torte sprang, drehte sich um und ging wieder an die Arbeit.

Roland suchte sich ein Hotel mit einem Casino nebenan. Am Einarmigen verlor und gewann er ein paar Dollar. Was er beim Roulette mit einem ausgeprägten Hang zur Wette auf die Farbe Rot verlor, gewann er am Black-Jack-Tisch zurück, und in einer schwach besetzten Pokerrunde verlor er viele kleinere Hände, bis er schließlich eine große Hand gewann. Den Rest des Abends ließ er an der Bar ausklingen, bis sich Jenny zu ihm setzte. Oder hieß sie Susy?

Am nächsten Tag flog Roland über Salt Lake City und Frankfurt am Main zurück nach Berlin. Während ihm die Stewardess eine Bloody Mary mit viel Mary und wenig Blut servierte, saß ein grob und schwerfällig wirkender Mann in einer Tempelhofer Fabrikhalle auf einem Holzstuhl an einem Holztisch. Über ihm an der Decke befanden sich zahllose Neonröhren, die vierreihig von einem Ende der Halle bis ans andere reichten. Es gab noch weitere Arbeitsplätze wie seinen, er musste sie nicht erst zählen, um ihre genaue Anzahl auf einen Blick zu erfassen.

In der selbst im Spätsommer kalten Halle herrschte rege Betriebsamkeit, es ging auf den Feierabend zu. Eigentlich herrschte immer dieselbe Betriebsamkeit mit denselben Geräuschen, die aber nicht so laut und unangenehm waren, dass man sich etwa Ohrenschützer aufziehen musste. Kein Rattern und Röhren, kein Rauschen und Zischen, aber Klappern und Ratschen und Quietschen.

Der Mann löste Schrauben an einer eisernen Gussform, die ihm von einem anderen Mann auf den Tisch gelegt wurden. Wenn er mit dem Schrauben fertig war, öffnete er die Gussform, und daraus löste sich ein schwarzer Klumpen, den er vor sich auf den Tisch legte. Alles wie im Schlaf, aber ohne zu schlafen. Er hatte die Klumpen nicht gezählt, die er in jahrzehntelanger Arbeit aus den Gussformen herausgewunden hatte, aber es mussten viele gewesen sein. Hergestellt wurden die Klumpen in einer anderen Halle, zu der er keinen Zugang hatte. Auch kannte er niemanden, der dort arbeitete. Er kannte aber auch niemanden, der in seiner Halle arbeitete. Natürlich waren ihm die Gesichter bis in den Schlaf hinein vertraut, aber das Sprechen auf dem Fabrikgelände war strengstens verboten.

Der Mann nahm einen Handfeger und strich damit über den Klumpen. Anschließend wickelte er ihn in Papier und legte ihn zu den anderen, bereits verpackten Klumpen in eine Kiste, die hinter seinem Tisch stand und die jetzt voll war, und die wieder ein anderer Mann wegtrug und durch eine leere Kiste ersetzte, wenn er sich umdrehte, um zu schrauben.

Als der Mann nun wieder auf den Tisch sah, lag da aber keine neue verschraubte Gussform, sondern ein in braunes Packpapier eingeschlagenes Paket, das mit einem Stück Bindfaden umwickelt war. Obenauf ein Umschlag, auf dem sein Name stand und in dem sich der Scheck über sein monatliches Gehalt befand. Das Paket bedeutete, dass heute nicht nur der letzte Arbeitstag des Monats, sondern sein letzter Arbeitstag überhaupt gewesen war. Er wusste das.

Eine Sirene schrillte durch die Halle, und der Mann stand auf und rückte den Stuhl unter den Tisch. Er steckte den Umschlag in seine Hosentasche und klemmte sich das Paket unter den Arm. Dessen Gewicht war ihm so vertraut, dass er in das Paket hineinsehen konnte, ohne es zu öffnen.

Im Umkleideraum zog er seinen Arbeitskittel aus und legte ihn zusammen mit seinen persönlichen Sachen aus seinem Metallspind in eine Umhängetasche. Er quittierte den Scheck am Empfang, schrieb sich aus, gab seinen Arbeiterausweis ab und verließ die Fabrik.

Der Mann fuhr mit dem Bus in sein Viertel, kaufte in einem Laden Eier, Brot und Wurst und ging zu seiner Wohnung, die im Hinterhaus lag. Bis vor ein paar Jahren hatte dort manchmal Bruno, ein Straßenmusiker, mit seiner Quetschkommode Lieder gesungen, und Bernhard, so hieß der Mann, der soeben von seinem letzten Arbeitstag in der Fabrik heimgekehrt war, hatte ihm damals aus dem Fenster ein paar Geldstücke hinuntergeworfen. Eines Tages hatte Bruno zu ihm heraufgerufen, er werde nach Amerika auswandern, Deutschland und vor allem diese Stadt hier seien ein elender Sumpf, er werde in Amerika einen Neuanfang versuchen, er habe Verwandte dort.

— Was wohl aus ihm geworden ist?,

fragte sich Bernhard.

Er sah hinauf zu seiner Wohnung und spürte das Paket in seinen Händen. Bernhard hatte keine Lust, es zu öffnen, wusste er doch längst, was sich darin befand. Dann warf er es in die Mülltonne.

Oben in seiner Ein-Zimmer-Wohnung, die Kochnische in einer Ecke des Zimmers, das Bett ein ausklappbares Sofa, setzte er Wasser für einen Tee auf und nahm den Scheck aus dem Umschlag. Das kochende Wasser goss er auf einen Teebeutel, den er am Vorabend schon einmal benutzt hatte. Er schaute aus dem Fenster hinab in den Hinterhof, wo Bruno immer gespielt hatte, gleich neben der Mülltonne. Bernhard ging hinunter und nahm das Paket wieder heraus. In seiner Wohnung stellte er es auf den Tisch. Er drehte sich eine Zigarette und trank den Tee. Er wollte später noch zu Resi in die Kneipe gehen.

Das Hausklavier sei mit Sicherheit das schlechteste der ganzen Stadt, hatte der Pianist nach dem Konzert gesagt. Aber nach sechzig Jahren an den Tasten hatte er selbst diesen alten Esel zum Singen gebracht und Kompositionen von Thelonious Monk gespielt. Nach der Zugabe hatte sich der Raum geleert, als hätte man einen Stöpsel aus der Badewanne gezogen. Roland, der direkt vom Flughafen zum Gig gefahren war, verabschiedete sich und ging gegenüber in eine Eckkneipe. Aus den Boxen schräg über dem Tresen kam Schlagermusik, die angenehm leise im Hintergrund blieb. Einige Menschen verteilten sich gleichmäßig an den Tischen. Roland bestellte bei einer nicht mehr ganz piekfeinen Dame namens Resi zwei kalte Bier.

»Resi, du kannst auch Resi zu mir sagen«, sagte Roland, und sie lachten.

Er kramte sein Notizbuch aus der Jackentasche und schrieb erst einen Satz, dann einen zweiten, riss ein, zwei Themen an, entwickelte ein drittes, das er ausbaute, um schließlich dazu einige spontane Gedanken niederzuschreiben. Dann klappte er das Notizbuch wieder zu. In einer Bar wie dieser wird in kein Notizbuch geschrieben, hier wird geredet und getrunken oder eben nicht geredet und trotzdem getrunken, und während er das dachte, trank er das erste Bier in einem

Zug aus. Dann kam ein Mann herein, der eine viel zu große Jacke trug, und setzte sich an einen der noch freien Tische.

— Natürlich,

dachte Roland,

— wer sein Bier meistens zuhause trinkt, braucht nur eine Jacke im Schrank. Und die muss ihm nicht mal richtig passen.

»Det is Bernhard«, sagte Resi, die bemerkt hatte, wie Roland Bernhard mit seinem Blick gefolgt war. »Aber lass den. Der is heut in Pension jegang.«

Roland trank auch das zweite Bier in einem Zug aus. Dann bat er Resi, Bernhard ein Bier auf seinen Deckel zu bringen und legte einen Schein auf den Tresen. Als Resi Bernhard das Bier brachte und die beiden sich zum Tresen drehten, saß dort niemand mehr.

Roland ließ sich von einem gelbroten Wurm, der die Stadt durchquerte, aufnehmen und forttragen. Auf einem der Sitze fand er eine Tageszeitung. Im vermischten Teil las Roland von einem Mann, der einen möglichen Attentäter auf einen Erdwurm in London nicht bei der Polizei gemeldet hatte. Bei dem Anschlag seien dann einhundertsieben Menschen ums Leben gekommen. Das war jetzt zehn Jahre her. Der Mann hatte, nachdem er den möglichen Attentäter gesehen hatte, weder den Fahrer noch die Polizei alarmiert, sondern war ganz ruhig an der nächsten Station ausgestiegen. Am Abend dann hatte er aus den Nachrichten von der Explosion erfahren. Er habe sich erst jetzt gemeldet, weil er es nicht mehr ausgehalten habe.

Roland versuchte zu sehen, was der Mann gesehen hatte. Ihm gegenüber säße jemand, der durch Brillengläser an ihm vorbei auf etwas hinter ihm blickte, eine Reklameanzeige vielleicht oder ein Hinweisschild. Seine Haare wären kurz geschnitten, aber so, als wären sie am Vortag noch lang gewesen. Er würde Jeans tragen, das Hemd hineingesteckt, die Hose ohne Gürtel, und Turnschuhe.

Roland suchte nach einem Detail, das den Attentäter verraten würde. Könnte es seine perfekt gespielte Unauffälligkeit sein? Er hätte eine Baumwolltasche über der Schulter, Kartoffeln und Blumenkohl darin.

— Genug,

dachte Roland.

Der Attentäter wäre nicht zu erkennen gewesen. Und bestimmt nicht daran, dass sich unter seinem eng anliegenden T-Shirt ein Sprengstoffgürtel abgezeichnet hätte. Der Mann, der sich da gemeldet hatte, musste ein Schwindler sein.

Auslöschung

Am Rand eines kleines Waldstücks hielt ein Zug.

Roland erkannte die Landschaft als jene seiner Kindheit und Jugend wieder, und er sah sich jetzt selbst dort draußen stehen.

Brach lag das Land vor ihm. Und obwohl es ihn nicht einlud, machte er einen Schritt, dann noch einen. Über ihm tauchte ein Schwarm aus tausenden Staren auf. Ein zweiter Schwarm stieß hinzu, und zusammen stürzte sich der neue Verbund hinab in die Tiefe und fuhr sogleich wieder auf. Der Schwarm verdichtete sich und veränderte fließend in jedem Moment seine Formation.

Grellgrüne Efeuranken arbeiteten sich an einer Hausruine entlang, Sträucher und Gestrüpp überwucherten den Weg und die letzten Reste der Zivilisation, eine Aluminiumdose, eine Zigarettenschachtel. Was hier ganz durcheinander wuchs, wirkte harmonisch, als gehörte es zusammen.

Am Rand des Feldes pflückte Roland Kornblumen, rote, blaue, gelbe und weiße und flocht einen Kranz daraus, den er sich auf den Kopf legte. Der Weg erinnerte ihn an *seinen* Weg »in die Blaubeeren« oder »in die Pilze«, und er erinnerte sich an die reifen und saftigen Beeren, die er gierig pflückte und schon im Wald aß, und wie seine Finger und seine Zunge ein tiefdunkles Lila annahmen.

Kurz an der Grenze zwischen Brachland und Mischwald innehaltend, ging Roland jetzt unter Bäume, die ihm Schatten und Entspannung spendeten. Und noch etwas hatte sich verändert: erst in seinem Verstummen fiel ihm der Wind auf. Da war er wieder, oben in den Kronen der Bäume.

An einem Flüsschen zog er seine Schuhe aus, steckte die Socken hinein, krempelte die Hose hoch und watete hindurch. Er fragte sich, wann seine Füße zum ersten Mal in seinem Leben nass geworden waren, konnte sich aber nicht erinnern. Stattdessen erinnerte er sich an Bäche, Flüsse, Seen, Meere und Ozeane, in denen er gestanden hatte, in denen er geschwommen und getaucht war, von denen er gekostet hatte, sei es, weil er durstig war, sei es aus reiner Neugierde. Nie hatte er geangelt, nie gejagt. Er war stets Sammler, einer, der etwas Nützliches tat, indem er etwas Essbares sammelte, ja, erntete, und der dafür durch Sommersprossen, die damals seine Nase, Stirn und Wangen zierten, ausgezeichnet wurde.

In der Hocke nahm Roland die Pilzfährte auf, gewöhnte seine Augen an den Waldboden und schnupperte nach Duftfahnen. Dort sah er schon den ersten Steinpilz. Und sogleich hatte er auch schon den nächsten erspäht. Aber nur Steinpilze. Für alles andere hatte er kein Auge und keinen Gaumen. Er schnitt die Fundstücke mit seinem Taschenmesser ab oder drehte sie aus der Erde heraus, bestaunte und legte sie behutsam in ein Tuch, das er zu einer kleinen Tragetasche gefaltet hatte.

Auf leisen Sohlen ging er weiter durch den Wald, und wenn einmal ein kleiner Ast unter seinen Füßen zerbrach, blieb Roland regungslos stehen, in Erwartung, dass sich jemand anders zu erkennen gab, ein Reh vielleicht oder ein Eichhörnchen. Kein Reh, und auch kein Eichhörnchen. Enttäuscht trat Roland auf jeden Ast, den er finden konnte, und es knackte und knallte und hallte durch den Wald, bis Roland einen Pilz erspäht hatte und sich wieder besann.

Schnell war das Tuch mit Pilzen gefüllt, und Roland begutachtete seine schmutzigen Hände, mit denen er sich den Schweiß aus dem Gesicht wischte und durch die Haare fuhr. Er belohnte sich und schnitt einen der Pilze in kleine Scheiben, die er genüsslich verspeiste und sich dabei an eine der Eichen lehnte wie an einen Freund. Um ihn herum war es still. Würde ihm im nächsten Moment jemand begegnen, und würde dieser Mensch ihn auch nur grüßen, Roland würde ihn wahrscheinlich erwürgen, ihn mit einem dicken Ast totschlagen, ihm mit dem Taschenmesser die Kehle durchschneiden.

— Diese Landschaft ist nicht wirklich schön,

dachte Roland.

Sie war nicht zu vergleichen mit dem Panorama einer weiten Berglandschaft und dem kalten, klaren Quellwasser und einem Himmel, der gar nicht mehr aufhörte zu blauen. Oder dem Leben am Meer mit Salz, Sand, Wind und Sonne, das sich nicht nur auf der Haut abzeichnete. Dennoch war ihm diese Landschaft vertrauter als jede andere. Am Tag seiner Volljährigkeit hatte er das Elternhaus Hals über Kopf, klaren Verstandes auch, verlassen und war in die Großstadt gezogen. Dort gab es viele Tische, an denen er wie zuhause speiste, an denen er aber nie zuhause war.

Einst wurde Roland von einer Landschaft wie dieser genährt. Jetzt erschien sie ihm nur noch wie ein Sumpf, aus dem er sich, sollte er hier bleiben, irgendwann nicht mehr herausziehen könnte und untergehen würde.

Am Waldrand hatte sich die Landschaft verändert. Dieses fremde Haus dort in der Ferne, er erkannte es wieder und schreckte vor dem Schatten, den es warf, und der immer länger wurde, zurück. Als er sich umdrehte und in die andere Richtung schaute, erschien das Haus zugleich dort. Roland verstand.

Am Waldrand stellte Roland ein Schild auf: *Zutritt verboten!*

»Drehen Sie bitte ein paar nicht allzu große Kreise um den Kunstsalon, Merkur- bis Venusumlaufbahn«, sagte Roland zum Taxifahrer, und als dieser nicht wusste, was damit anfangen, bat ihn Roland, einfach so lange um den Block zu fahren, bis er es sich anders überlegt hätte. Roland wollte sich nach der Eröffnung seiner Ausstellung und vor dem offiziellen Essen noch den Ausstellungskatalog ansehen. In aller Ruhe, die er im Museum dafür nicht fand, weil die Menschen dort alle etwas von ihm wollten.

— Geschmackvolles Titelbild, Vignette mit dem Koffer von Anton Schmidt,

dachte Roland, als er den Katalog begutachtete.

— In grünes Leinen gebunden, cremefarben geprägter Titel: *Der Nachbar war ein Genie – Die literarischen Außenseiter des Roland Steinberg*. Sehr hübsch gemacht, das Papier fühlt sich an wie der Schenkel einer jungen Frau, zart, weich, bekommt man eine richtige Gänsehaut von. Perfekt gedruckt. Riecht auch gut, keine Chemie drüberlakiert. Kein Unterschied zu den Drucken von Lido. Hier steht's: *Printed by Frank Lido in Wendover.* Sohn einer Wüstenhündin! Hat Lionel mir aber einen schönen Streich gespielt.

Roland schaltete das Licht im Wagen ein, und als der Taxifahrer nichts einwendete, kurbelte Roland sein Fenster runter und zündete sich eine Zigarette an. Der Taxifahrer bat ihn, nicht zu rauchen. Roland reichte ihm einen Fünfziger über die Schulter, den er annahm, und rauchte weiter. Der

Rauch vermischte sich mit der Wärme, die von draußen hereinzog, und Roland hielt kurz seinen Kopf aus dem Fenster.

— *Das grausame Leben der Figuren von Roland Steinberg. Von Stephan Mattner. Vorabzitat Antonin Artaud: Vom Standpunkt des Geistes aus bedeutet Grausamkeit Unerbittlichkeit, Durchführung und erbarmungslose Entschlossenheit, nicht umkehrbare, absolute Determination.*

Bislang stimmte alles. Roland hatte es Mattner, den er für etwas meschugge hielt, genau so über das Telefon diktiert. Er las weiter.

— *Die Arbeiten »Rafael Hausmann« und »Anton Schmidt« von Roland Steinberg präsentieren Außenseiter der Gesellschaft, die*

»Schön«, kommentierte Roland, und der Taxifahrer wollte wissen, ob er weiterfahren oder anhalten solle. Roland sagte ihm, er möge sich erst einmal nicht um ihn kümmern und weiterfahren.

— *Ihr fiktionaler Erschaffer* ist

»Schönschön.«

— *beziehe ich mich auf die beiden oben genannten Figuren, die zu den stärksten einer ganzen Serie skurriler Gestalten gehören, die allesamt ihr künstlerisches Werk in einem Koffer für eine ihnen unbekannte Nachwelt zurückgelassen haben, und mit denen Steinberg in den letzten Jahren für Aufsehen gesorgt hat*

»Schönschönschön.«

— *Die Arbeit »Rafael Hausmann« präsentiert eine eigenwillige Miniaturbibliothek mit unzähligen Reclamheften in einem alten Lederkoffer und*

»Ja.«

— *Schwarze Balken zensieren Teile der Buchtitel, im Innenteil sind einzelne Worte und Sätze sowie ganze Textab-*

schnitte geschwärzt und damit unlesbar gemacht. Teile der Dramen, Gedichte und Novellen werden auf diese Weise ausgelöscht und

»Jaja.«

— *Das Thema der Auslöschung hat Tradition in*

»Oh nein, so schnell geht das schon mit den Querverweisen los?«

— *Thomas Bernhard hat mit seinem Roman »Auslöschung: Ein Zerfall« eine konsequente Umsetzung dieses Motivs gefunden, die*

»Von Thomas Bernhard übergeleitet zu – «

— *kreist in seinen Gedanken und Reden um ein einziges Ziel: die Auslöschung der Erinnerung an die eigene Familie und die eigene Kindheit.*

»Mattner nimmt sich schon Zeit, der Dummkopf.«

— *Was Roland Steinberg beziehungsweise Rafael Hausmann mit den Textschwärzungen erreichen, stellt sich zunächst einmal als ein Akt der Vernichtung dar. Andererseits bilden die Textruinen neue Wörter, Wortreihen, Sätze und Zusammenhänge. Dieses Schöpfen ex negativo, die künstlerische Produktion aus der Auslöschung heraus, ist ein künstlerisches Verfahren, dessen Anfänge in den Avantgardebewegungen des frühen zwanzigsten Jahrhunderts begründet liegen und die ihren Ursprung vor allem in der anarchischen Haltung der Dadaisten haben.*

»Thomas Bernhard, Dadaisten, Man Ray, Joseph Kosuth. Wer ist Joseph Kosuth? Egal. Arnulf Rainer, richtig guter Mann. Kein Dieter Roth? Schlampig!«

— *hat die Ästhetik der Auslöschung zu einer Form künstlerischen Ausdrucks entwickelt mit exzessiven Übermalungen von Bildern und Büchern –*

»Ja Ja Ja Nee Nee Nee.«

— Die schwarzen Balken zerreißen die Texte, defragmentieren Satzkonstruktionen, löschen die ursprüngliche Bedeutung aus. Ex negativo wird hier aus dem Bestehenden durch das Ausblenden bestimmter Partien neuer Sinn geschöpft, ohne dass auch nur ein einziges Wort geschrieben

»Schwitters, na endlich.«

— Roland Steinbergs Werk steht ganz im Zeichen des Schwitterschen Prinzips des kombinatorischen Recycelns und Collagierens, das in der Ära der Postmoderne eine in alle Disziplinen reichende Renaissance erfahren hat. Die geschwärzten Titel und Texte ergeben neuen, anarchischen Sinn, schöpfen neue Bedeutung und

»*Anarchisch* gefällt mir, jetzt Jandl.«

— Auch Ernst Jandl ist Bestandteil der Hausmannschen Bibliothek. Aus seinen »Sprechblasen« wird simpel »pech«

»Zwei Sätze über Jandl sind besser als kein Satz über Jandl.«

— »Die schwarze Galeere« wird zu »Die warze«, aus den »lustigen Weibern von Windsor« werden »Die lustigen eier«, aus »Rede über den Oberbefehl des Cn. Pompeius« wird »über den Po«, aus »Die Nibelungen« wird »Die lunge«, aus »Die Ahnfrau« von Franz Grillparzer wird »Grillfrau«, aus »Die Blumen des Bösen« wird »Die Blusen« und aus »Gehirne« von Gottfried Benn wird eine »Birne«.

»Köstlich, Mattner, köstlich!«

— Nun präsentiert Steinberg uns jedoch diese geschwärzte Bibliothek nicht eins zu eins als seine eigene Schöpfung. Der Titel der Arbeit »Rafael Hausmann« deutet einen bestimmten Entstehungskontext

»Jetzt fängt er an und erklärt alles. Dann labert er es tot, und dann legt er sich gleich auf die Leiche drauf und ruckelt rum.«

— Was für eine Person mag Rafael Hausmann gewesen sein?

»Ruckel.«

— War Hausmann ein zwanghaft Besessener?

»Ruckelruckel.«

— Warum hat er sein Werk im Verborgenen ausgeführt? Sein Nachlass verrät bei aller Obskurität eine im Geheimen ausgelebte, obsessive Leidenschaft für Sprache verbunden mit einer Lust an der Vernichtung, gleichzeitigen Neuschöpfung und

»Ruckelruckelruckel.«

— Speichermedien und Datenverarbeitungsformen; regelrechte Informationsflut; ein neuer Umgang mit Informationen, Daten, Bildern und Texten; universale Wissenschaft scheint endgültig obsolet; Paul Virilios »Ästhetik des Verschwindens« als Gegenreaktion auf die zunehmende, nicht mehr zu bewältigende Fülle von Bildern, Daten und Texten; Jorge Luis Borges' Babelsche Bibliothek aller denkbaren Bücher mit

»Endlich Borges, das Beste zum Schluss.«

Roland dachte, der Katalog sei Maßarbeit, auch wenn der Text etwas verlabert war.

— Etwas mehr Beschreibung und Poesie und etwas weniger Recherche beim nächsten Mal, du Gurke,

dachte Roland, zündete sich eine Zigarette an und reichte dem Fahrer einen weiteren Fünfziger über die Schulter. Wieder hielt er den Kopf aus dem Fenster und bat den Fahrer, schneller zu fahren. Aber auch das brachte keine Abkühlung.

Zur gleichen Zeit ignorierte eine Frau einen Mann, der ihr *Laura* hinterherrief. Sie schlenderte die Treppen ins Foyer hinunter und betrat den Ausstellungssaal des Museums.

— *Anton Schmidt* klingt irgendwie nach *Arno Schmidt*,

dachte Laura.

— Entstanden in diesem Jahr. Neun Fotografien, gedruckt, hundertzwanzig mal hundertvierzig Zentimeter, ohne Rahmen, an die Wand genagelt, in vier Blöcken angeordnet. Auf dem ersten Foto, gleichzeitig dem ersten Block, sind in Nahaufnahme ein geöffnetes Schreibetui und ein aufgeschlagenes Notizbuch zu sehen, die beide auf einem Haufen Bleistiftstummel liegen. Im Notizbuch steht der Eintrag *Ich hinterlasse dieser Welt nichts Geschriebenes. Nur mein Schweigen und damit die Stille. Anton Schmidt*

Laura schaute weiter. Der Saal war jetzt vollkommen leer.

— Auf den Fotos zwei bis fünf, die den zweiten Block bilden, sind verschiedene Detailaufnahmen eines Zimmers zu sehen: eine geblümte Spitzengardine, durch die man auf ein Wohnhaus aus der Gründerzeit auf der gegenüberliegenden Straßenseite schaut, ein ebenfalls mit einem Blumenmuster verziertes beige-graues Sofa, der Blick in einen Schrank, in dem sechs Kleiderbügel an einer Stange hängen, ein Waschbecken, darüber eine Ablage-Armatur mit einem Wasserglas und wiederum darüber ein Spiegel.

Das sechste Foto, das erste des dritten Blocks, der aus insgesamt drei Fotos besteht, zeigt wieder die Szenerie des ersten Fotos, nur etwas herausgezoomt. Eine geöffnete Kaffeedose mit Asche darin sowie das Etui mit Schreibutensilien. Außerdem am oberen Rand ein brauner Saum. Das siebente Foto zeigt nun erstmals einen Koffer, der mit geöffnetem Deckel auf einem Tisch steht. In diesem Sperrholzkoffer liegen die Bleistifte, vier mit Plastikdeckeln verschlossene Kaffeedosen, sowie das Notizbuch und das Etui, beide ebenfalls geschlossen. Foto Nummer acht zeigt den ganzen Tisch und eine Stehlampe daneben. Der Koffer steht nun unter und ein Stuhl vor dem Tisch. Das letzte Foto der Serie, das wie das erste Foto einen einzelnen Block bildet, zeigt einen genaueren

Eindruck des Raumes, in dem die Geschichte spielt. Der Blick reicht über ein Doppelbett in Richtung des Tisches, unter dem der Koffer steht. Links davon der Kleiderschrank, rechts das Sofa und dahinter eine Fensterfront, die von der Gardine verdeckt wird. Auf dem Parkettfußboden liegen zwei Orientteppiche minderer Qualität. Hellgrüne Tapete mit Jugendstilornamenten. Neben dem letzten Foto der Serie steht ein Text:

Anton Schmidt arbeitete als Hilfslehrer an verschiedenen Grundschulen im Stadtteil Charlottenburg. Er lebte im Haus der Frau Neumann zur Untermiete. Morgens ging er früh aus seinem Zimmer, die Nachmittage und Abende verbrachte er dort vorwiegend allein. Ende Oktober 2011 verschwand Anton Schmidt. Er hinterließ keine persönlichen Dinge außer einem Koffer. Darin befanden sich 967 Bleistiftstummel, vier Kaffeedosen mit Asche, Schreibutensilien und ein Notizbuch. Anton Schmidt trat als Schriftsteller niemals öffentlich in Erscheinung. Sein Verbleib ist ungeklärt.

Laura ging durch den Raum und blieb dann in einer den Fotos gegenüberliegenden Ecke stehen. Die Abbildungen zeigten also Ausschnitte eines Zimmers, in dem der Hilfslehrer und Schriftsteller Anton Schmidt zur Untermiete gewohnt hatte. Ein Schriftsteller, der sich vor seinem Verschwinden dazu entschlossen hatte, sein *Geschriebenes* zu verbrennen. Das Resultat seiner Arbeit, also die Asche, die Werkzeuge in Form von Bleistiftstummeln und Schreibutensilien ließ er in dem Sperrholzkoffer zurück. Die kurze Notiz verblieb als einzige Äußerung Anton Schmidts.

— Traurig,

dachte Laura,

— sehr traurig sogar.

Laura dachte an Arthur Rimbaud, Wandersmann und Waffenschmuggler. Rimbaud hatte sein Werk nicht zerstört, bloß aufgehört zu schreiben, was einer Zerstörung durch Verweigerung gleichkam. Laura hatte den Eindruck, Anton Schmidt sei eher ein enttäuschter Mensch gewesen und fragte sich, was er geschrieben haben könnte.

Sie dachte auch an Franz Kafka. Seiner letzten Bitte zufolge sollte alles aus seinem Nachlass an Manuskripten ungelesen verbrannt werden. Dies war nicht geschehen, und Kafka war posthum berühmt geworden. Anton Schmidt habe im Gegensatz zu Kafka das Feuer selber angezündet und seine Manuskripte darin verbrannt.

Und natürlich Fernando Pessoa, der fast nichts veröffentlicht, sondern tausende Manuskriptseiten in einer Holztruhe aufbewahrt hatte, wo sie nach seinem Tod gefunden wurden.

Und der Unterschied zwischen dem, was ich bin, und dem, was ich geglaubt habe, sein zu können, immer deutlicher in der Nacht meiner düsteren Belanglosigkeit, rezitierte sie einen von Pessoas Versen.

»Schöne Seele, schöne Seele«, sagte Laura.

— Wenn ein Schriftsteller sein angestrebtes Werk nicht verwirklichen kann,

dachte Laura,

— wenn er außer plötzlichen Einfällen, trefflichen, aber unzusammenhängenden, kein großes Haus auf ein Fundament stellen kann, so ist er verloren. Dann entsagt er allem. Dann wird er die uneingeschränkte Abgeschiedenheit suchen. Das gilt für jeden Menschen, auch wenn er nicht schreibt.

Die tiefste und tödlichste aller Dürren seit Menschengedenken ist über uns gekommen – die der inneren Erfahrung von der Vergeblichkeit aller Anstrengung und der Nichtigkeit aller Vorsätze,

rezitierte sie einen weiteren Vers.

— Milch und Honig über Fernando Pessoa und Roland Steinberg,

dachte Laura und ging an die Bar. Sie hatte Lust auf Whisky bekommen.

Die Hitze hatte sich bis auf die Museumstoilette geschlichen. Roland ließ sich kaltes Wasser über den Kopf laufen. Er fragte sich, warum ein Besucher nicht gemerkt hatte, dass er den Katalog mit dem Namen *Sigmar Polke* unterschrieb.

— Jetzt noch das Essen mit den Schnulzenfuzzis,

dachte Roland müde und genervt,

— dann ins Hotel und morgen ab nach Hause.

Innerhalb der ganzen Kunstsippe waren Lionel Herzog und Jan Lahers die Einzigen, mit denen Roland überhaupt umgehen konnte. In seinen Augen waren die anderen reine Zusülzer. Roland hasste die Essensgesellschaften nach den Ausstellungseröffnungen. Er hasste überhaupt große Gesellschaften, und er hasste die riesigen Fleischstücke, die Schnitzel, den Hackepeter, die Lammkeulen, die sich die feinen Herren reinballerten, die Kunstleithammel, alles nihilistische Nichtsnutze, die das Potential aufwiesen, den Alt-Saxophonisten Johnny Hodges mit einem Hot Dog zu verwechseln, wie Roland dachte.

Roland sah, dass jemand einen Katalog neben der Toilettenschüssel vergessen hatte. Er wischte mit dem Schmutztitel auf dem Boden herum, bis dieser mit feuchten Flecken übersät war und signierte mit *Karl-Heinz Rummenigge*.

Im Restaurant dachte Roland, Alois Berneru, der Roland in München ausgestellt hatte, sähe in seinem zerknitterten Anzug und mit der gestreiften Krawatte aus wie eine eingeschüchterte Maus. Wo Roland gewesen sei, wollte Berneru wissen.

»Sachte, sachte, Alter«, sagte Roland und klopfte ihm auf die Schulter.

Gerhard Herbst vom Kunstsalon steckte Roland zwei Telegramme zu und sagte, er solle sich setzen, sie hätten die Vorspeise schon hinter sich gebracht. Roland dachte, es müsse *in uns hineingeschaufelt* heißen.

— Fleischfressende Jammerlappen. Alle duzen mich, alle sagen hundert Mal meinen Namen. Als wüsste ich nicht, wie ich heiße. Von wem sind denn die Telegramme? Das erste Telegramm war von Frank Lido: *Enjoy the book. It's made for eternity. Best, Frank!*

Das zweite war von Edgar: *Muss leider passen. Bin auf dem Weg nach Japan. Vier Gigs mit meinem Quintett. Ab nächster Woche im abc club in Tokio, immer ab dreiundzwanzig Uhr. Komm vorbei. Dein Edgar!*

»Teufelskerle!«, rief Roland aus, und alle in der Runde bezogen es auf sich.

Stephan Mattner fragte Roland, wie ihm sein Text gefallen habe. Er habe einen fantastischen Text geschrieben, sagte Roland und gab ihm den spezialsignierten Rummenigge-Katalog. Im gleichen Moment fragte Gerhard Herbst, wo Roland denn so lange gewesen sei. Auch dieses Mal gab Roland keine Antwort. Stattdessen fragte er Herbst, ob er Jan Lahers gesehen habe. Lahers lasse sich entschuldigen, sagte Herbst, ihm sei es zu heiß gewesen, er lasse Roland grüßen und ihm ausrichten, die Ausstellung habe ihm viel Freude bereitet. Lahers werde von sich hören lassen. Per Brief.

Lahers war der Einzige, dessen Briefe Roland aufhob. Lahers schrieb ihm meist nur drei oder vier Zeilen auf hauchdünnem, geschmackvollem Papier, das mit seinen Initialen versehen war. Außerdem lag jedem Brief ein Scheck bei, für besondere Souvenirs, die Roland ihm sendete.

Gerhard Herbst stellte Roland Helmut Bauer aus New York und Harry Nilman vom Beaubourg vor. Roland kannte Bauer, Prototyp eines Sammlers, der immer etwas im Schilde führte. Nilman kannte Roland nur vom Namen, aus Paris, vom Centre Pompidou. Roland machte ein bisschen Smalltalk mit den beiden, und sie stießen mit Champagner auf Roland und den Salon an. Nach dem zweiten Glas und viel *Hurra* war Roland gelangweilt und schrieb zusammenhanglose Gedanken auf die Tischdecke. Bauer sprang sofort darauf an und fragte Roland, was er Interessantes auf die Tischdecke kritzele. Und Roland fragte zurück, ob er die Tischdecke kaufen wolle. Es wäre Rolands insgesamt neunundvierzigste Tischdecke gewesen, die er verkaufte.

Bauer zückte sofort sein Scheckheft. Er schrieb verdeckt eine Zahl und den Vermerk zur Barauszahlung auf einen der Schecks, riss ihn aus dem Heft heraus und schob ihn Roland zusammengefaltet herüber. Die Eins ganz vorn gefiel Roland nicht, aber die Nullen dahinter schon, und er schrieb für jede Null noch jeweils ein Wort auf die Tischdecke: Kafka, Kafka, Kafka, Kafka. Dann signierte er die Tischdecke und schüttelte Bauers Hand.

»Abgemacht«, sagte Roland.

— Vollkommen übergeschnappter Dussel,
dachte Roland.

Roland mochte Tischdecken. Abgesehen von der Serviette gab es kein besseres Klischee als die Tischdecke. Letztere brachte aber zehnmal so viel ein, steuerfrei. Roland dachte, damit sei auch ganz leicht umzugehen. Nicht so blöd wie die Sache mit dem Sammler Heinrich Beeren, der Rolands Transportkisten für die Ausstellung in London kaufen wollte. Als Beeren Roland gefragt hatte, ob er sie signieren könne, hatte

Roland ihn aber einfach stehen lassen, worauf einige Leute zu lachen begannen.

Roland fragte Gerhard Herbst, ob Heinrich Beeren auch da gewesen sei, aber Herbst konnte mit dem Namen nichts anfangen.

Dann kam der Hauptgang. Dicke Fleischbrocken, Kübel mit Soße, Rotkohl und Bratkartoffeln.

— Im Spätsommer, bei dieser Hitze,

dachte Roland und stellte eine ganze Schüssel Bratkartoffeln vor sich auf den Tisch.

— Neunundvierzig Tischdecken, achtunddreißig Koffer, achtunddreißig? Sechs Jahre Arbeit, alles verkauft. Ohne Lionel und den Lahers undenkbar. Ich schreib ihm nachher noch einen Brief, das Hotelpapier ist super, wird ihm gefallen. Ich schaff die ganze Schüssel nicht,

dachte Roland und ging zur Bar. Er hatte Lust auf Whisky bekommen.

»Herr Steinberg, entschuldigen Sie bitte. Darf ich mich vorstellen, Karol Nanitz«, sagte ein alter, hagerer Mann mit schwarz gefärbten Haaren, die Hand, mit der er Rolands schüttelte, übersät mit Altersflecken.

»Angenehm.«

»Ich interessiere mich schon seit längerer Zeit für Ihre Koffer. Ich habe das doch richtig verstanden, die Fotos sind schon an Herrn Lahers verkauft? Was haben Sie denn mit dem Koffer vor?«

— Der Koffer, richtig. Wieso habe ich nicht an den Koffer gedacht. Wieso hat denn der Lahers nicht an den Koffer gedacht. Und Lionel auch nicht.

»Nichts. Da geht es nur um die Fotos«, versuchte Roland ihm auszuweichen.

»Aber den Koffer haben Sie doch noch, oder?«

»Den habe ich noch.«

»Dann habe ich etwas für Sie. Ich hoffe, von Ihnen zu hören. Ich darf mich verabschieden? Auf Wiedersehen.«

An der Bar schaute Roland in den Umschlag, den ihm Karol Nanitz gegeben hatte. Erst begutachtet er die Visitenkarte. Adresse in Buenos Aires, sehr schönes Papier, Elfenbeinton, geprägte Typo, Lapislazuliblau, dann den Scheck. Eine Zwei, eine Fünf, dann Kafka, Kafka, Kafka, Kafka.

Roland waren die Worte, die er leise neben sich vernahm, vertraut.

Raindrops on roses and whiskers on kittens / Bright copper kettles and warm woolen mittens / Brown paper packages tied up with strings / These are a few of my favorite things

Roland hatte die Frau neben sich erst gar nicht bemerkt. Im Moment der Bewegung seines Kopfes zu ihr hin verschwand alles andere aus seinen Gedanken, und er spürte, dass ihre Nähe ihm guttat. Vorsichtig setzte er mit ein.

Cream colored ponies and crisp apple strudels / Doorbells and sleigh bells and schnitzel with noodles / Wild geese that fly with the moon on their wings / These are a few of my favorite things

»Du bist ja nicht nur hübsch, du singst auch noch schön«, sagte sie wie eine, die sich der Antwort sicher war.

»Und ich wusste schon, wie hübsch du bist, als ich dich bloß singen hörte«, bestätigte Roland.

»Ich nehm noch einen Bourbon. Und du?«

»Zwei Bourbon«, rief Roland dem Barkeeper zu.

»Und zweimal Wasser dazu«, rief sie dem Barkeeper hinterher.

»Hier, schau mal«, sagte sie und schob Rolands Ausstellungskatalog über die Theke.

»Warte einen Moment.«

Roland ging zur Musicbox und warf ein Geldstück ein. Er drückte auf einen Knopf, und die ersten Töne von Willie Dixons »Seventh Son« erklangen.

»Würdest du mir einen Tanz gewähren?«, bat Roland. »Wie heißt du eigentlich?«

»Laura.«

»Laura, das klingt schön. Roland.«

Sie reichte ihm ihre rechte Hand. Niemand tanzte außer ihnen.

»Mach ich das gut so?«, fragte Laura, und er flüsterte ihr die Antwort ins Ohr.

»Darum geht's beim Blues nicht.«

»Ja.«

Als das Lied zuende war, stießen sie an, und Laura trank das Glas mit einem Schluck leer. Dann blätterte sie im Katalog bis zu der Seite, auf der ein Foto von Roland zu sehen war, zusammen mit seiner Biografie und Bibliografie.

»Das bin ja ich«, tat Roland überrascht.

»Natürlich bist du das. Aber weißt du, wer du noch bist?«

Roland bestellte zwei weitere Bourbon.

»Sag mir erst, wer du bist und was dich eigentlich in diese andere Zeit führt, in der wir uns gerade bewegen?«

»Laura Mistral, Schriftstellerin, dreißig Jahre alt. Ich habe heute Abend im zweiten Stock aus meinem neuen Buch gelesen.«

»Ich hab das Plakat gesehen.«

»Wir gehen nicht, bevor du nicht auf meine Frage geantwortet hast.«

»Reicht dir Roland nicht?«, sagte Roland. Er würde mit ihr gehen und sie mit ihm.

»Ich hab deine Ausstellung gesehen, den letzten Teil davon zumindest.«

»Den letzten, ja.«

»Anton Schmidt. Hat mir gefallen.«

Der Barkeeper stellte die beiden Gläser vor sie auf eine Serviette.

»Hier an der Bar hat jemand deinen Katalog liegenlassen. Das Zitat von Artaud. Der Kinofilm mit Maurice Ronet. Die Schokolade. Berlin. Das muss fünf oder sechs Jahre her sein.«

Es dauerte einen Moment. In seinem Kopf schwirrte viel durcheinander. Aber Roland erinnerte sich. An den Platz und das Durcheinander, Pierre, der nicht gekommen war, das Ästchen und die Tänzerin, den Kinofilm, die Frau, die Zigaretten – er erinnerte sich an alles.

»Du warst das also.«

»Und du warst wie vom Erdboden verschluckt.«

»Eine brüllende Schlange hat mich entführt.«

»Brüllende Schlange. Ist das eine U-Bahn oder ein Bus?«

»Die U-Bahn ist ein Erdwurm. Und vergiss nicht die S-Bahn, gelbroter Wurm.«

»Merk ich mir.«

»Ich schenk's dir für dein nächstes Buch.«

»Gehen?«, fragte er.

»Jetzt!«, sagte sie, ohne dass eine Pause entstand.

Die Wärme hielt sich unerbittlich, und die Luft stand undurchlässig wie eine Horde Elefanten. Ganz ungewöhnlich war die Stille für diese Gegend, dachte Roland, wo hier doch sonst Tag und Nacht Touristen ihr Unwesen trieben und ein unendlicher, erbarmungsloser Verkehr herrschte. Aber jetzt war es, als stünden sie in einem lebensgroßen menschenleeren Modell der Stadt.

»Es ist immer noch so warm«, sagte Laura.

»Wir können ein Taxi zur Schanze nehmen. Ich kenn da ne gute Bar.«

»Schanze, Kreuzberg, East Side - in diese Urwälder kriegt mich keiner mehr.«

»Urwälder?«

»Wo gejubelt wird, wenn die Sonne scheint. Und wo gejubelt wird, wenn's regnet. Wie die Neger im Dschungel.«

»Man sagt schon lange nicht mehr *Neger*.«

»Das muss daran liegen, dass ich zu viele alte Bücher lese.«

»Dann kannst du mir sicher auch sagen, wie Hemingway mit Vornamen hieß, oder?«

»Papa.«

»Die Stadt erinnert mich gerade an Paris. Ich war vor ein paar Wochen da und hab bei Hemingway geklingelt.«

»Aber er hat nicht aufgemacht, oder?«

»Wahrscheinlich wieder besoffen.«

»Oder fliegenfischen.«

»Oder beides.«

Sie lachten. Sie hatten das Netz, in dem sie sich wegen des Taxis verfangen hatten, sauber durchtrennt.

»Dein Mund ist schön, wenn du lachst«, sagte Roland.

»Sag mir etwas über meine Augen.«

»Schöner als Casablanca.«

»Und der Rest - Nase, Ohren, Haare?«

»Alles vollständig und an der richtigen Stelle.«

»Und meine Beine?«

»Verführerisch.«

»Sag mir, es wird mit uns nicht so enden wie zwischen Brigitte Bardot und Michel Piccoli.«

»Wie schön du bist.«

»Kannst du leugnen, mir eben in der Bar auf den Hintern geschaut zu haben?«

»Ich kann es nicht.«

»Und hat dir gefallen, was du gesehen hast?«

»Ja, sehr.«

»Und meine Brüste?«

Ihre Körper bewegten sich aufeinander zu. Roland umfasste Lauras Hüfte mit seiner Hand und zog sie zu sich heran.

»Nicht so hart, Roland. Sei zart«, sagte sie ganz leise.

»Entschuldige.«

»Hörst du das?«, sagte sie, und er versuchte herauszufinden, was sie meinte. Sie befreite sich aus seiner Umarmung und lief zu einem Taxi. Sie sprang hinein, und das Taxi fuhr los. Roland lief ein Stück hinterher, und das Taxi blieb stehen. Als er es fast erreicht hatte, fuhr es wieder an, und Roland blieb stehen. Die hintere Wagentür öffnete sich. Laura schaute hinaus und winkte ihn heran.

»Worauf wartest du denn?«, rief sie, und Roland drehte sich um, ging zwei Schritte, nur um sich dann wieder umzudrehen und zum Taxi zu laufen.

»Hotel Bartleby«, sagte er atemlos zum Taxifahrer.

»I would prefer not to!«, zitierte Laura ohne lange nachzudenken.

Sie lachten, und der Taxifahrer war ein bisschen genervt.

»Wohin soll's denn nun gehen?«

Laura nannte ihm den Namen eines Hotels, worauf er einen Straßennamen sagte. Der Wagen setzte sich in Bewegung, und Roland bat den Fahrer, das Radio und die Klimaanlage auszuschalten. Laura kurbelte ihr Seitenfenster herunter. Still saßen sie nebeneinander, sahen sich manchmal an, dann wieder aus dem Fenster.

— Ihre rostblonden Haare und ihr Kleid tanzen mit dem Fahrtwind, und zusammen werden sie, Wind, Haare und Kleid, erst sichtbar und schön,

dachte Roland.

An einer roten Ampel, die ihr Licht auf Lauras Gesicht warf, erschrak Roland kurz, aber dann sprang die Ampel auf Grün um. Das Taxi bog in die Hafenstraße.

— Wo sind eigentlich all die Menschen? Sie haben sich erübrigt,

dachte Roland.

— Sommer, Nacht, Wind. Im Sommer durch die Nacht fahren mit Roland und den frischen Wind spüren, mehr nicht,

dachte Laura und wollte ihn bald küssen.

Das grüne Licht der Neonreklame, die auf eine Biermarke hinwies, drang von der Straßenseite gegenüber durch die Fenster des dunklen Hotelzimmers. Hin und wieder fuhr unten ein Auto vorbei. Es war kurz nach Mitternacht. Die beiden Männer, die sich im Zimmer aufhielten und die jeden Auftrag annahmen, wenn das Geld stimmte, hatten seit Stunden geschwiegen.

»Ich bin mir nicht sicher, Kolja«, sagte der Mann, der Wladimir hieß, in gedämpftem Ton.

»Wobei bist du dir nicht sicher, Wlad?«, fragte der Mann, der Nikolai hieß.

»Wahrscheinlich ein Grünton. Aber ich sehe nur ein schwaches Rot.«

»Das ist die Wand. Das Licht von draußen ist grün.«

»So wie das Grün der Birkenblätter? Daran erinnere ich mich am liebsten«, sagte Wladimir.

»Nein, nur ein hässliches Neongrün«, sagte Nikolai, »sei froh, dass du es nicht sehen musst.«

Stille kehrte zurück ins Zimmer. Wladimir stand an der Eingangstür, Nikolai saß auf einem Stuhl, den er neben einen Kleiderschrank gerückt hatte. Das Bett war frisch bezogen. Von beiden Männern war nicht mehr als ein dunkler Schatten auf der neongrünen Wand zu sehen.

»Reg dich jetzt bloß nicht auf, Wlad«, sagte Nikolai.

»Worüber soll ich mich nicht aufregen?«, fragte Wladimir.

Nikolai drückte auf den Auslöser des Fotoapparats, den er auf seinen Knien platziert hatte.

»Lass das sein«, sagte Wladimir.

Der Apparat gab ein schnappendes Geräusch von sich, Nikolai hatte eine lange Belichtungszeit eingestellt, die jetzt abgeschlossen war.

»Ist ja schon gut, Wlad«, sagte Nikolai, »schon gut.«

Plötzlich wurde die Tür des Kleiderschrankes von innen aufgestoßen, und ein spärlich bekleidetes, minderjähriges Mädchen kletterte heraus. Ihr langes, blondes Haar und ihr weißes Unterhemdchen schimmerten grün im Neonlicht.

»Verdammt nochmal, Kleine«, schrie Nikolai, der vom Stuhl aufgesprungen war, »bist du taub? Dein Stichwort lautet *Guten Abend, mein Lieber*.«

»Lass die Kleine in Ruhe und hör auf, so zu schreien«, sagte Wladimir.

»Die versaut uns noch alles«, schrie Nikolai immer noch.

»Entschuldigen Sie bitte«, sagte das Mädchen und rieb sich die Augen, »ich bin eingeschlafen und hatte einen schrecklichen Traum. Ich war in der Wüste, es war Nacht, mir war furchtbar kalt, und ich fühlte mich wie eine kleine Giraffe ohne Hals.«

»Hast du das gehört, Wlad?«, sagte Nikolai, »wie eine kleine Giraffe ohne Hals.«

Dann lachte er.

»War ja nur ein Traum, Kleine«, sagte Wladimir und strich ihr sanft über den Kopf.

»Aber jetzt marsch zurück in den Schrank. Nicht wieder einschlafen, kapiert?«

Die Kleine nickte.

Nachdem Wladimir dem Mädchen zurück in den Schrank geholfen hatte, bezog er seine Position an der Eingangstür.

Es dauerte noch eine Weile, bis Nikolai sich beruhigt hatte. Nervös tippte er mit den Füßen auf den Boden und rieb die Hände gegeneinander. Dann schaute er auf die Uhr, aber da, wo sich sonst seine Armbanduhr befand, war nur Haut.

»Vergiss nicht, mich daran zu erinnern, dass wir dem Kerl auch seine Uhr abnehmen, verstehst du, Wlad?«, sagte Nikolai.

»Was willst du denn mit seiner Uhr?«

»Nimm sie ihm einfach ab. Wie spät ist es jetzt?«

»Viertel nach zwei«, sagte Wladimir, »aber meine Uhr geht zehn Minuten vor, es ist also erst fünf nach zwei.«

»Zum Kuckuck mit deiner Uhr, wann kommt er nur endlich?«, sagte Nikolai.

Im Gegensatz zu Nikolai rechnete Wladimir nicht mehr damit, dass Roland Steinberg überhaupt noch erscheinen würde. Er mag einen Tipp bekommen haben, dachte Wladimir. Es könnte aber auch alles andere gewesen sein, eine Frau vielleicht, die ihn mit zu sich nach Hause genommen hatte, ein gebrochenes Bein, ganz egal. Aber Wladimir behielt seine Gedanken für sich.

»Gar nicht mehr«, sagte Wladimir.

Das Hotelzimmer, in dem sich die beiden Männer befanden, war Rolands Hotelzimmer. Heinrich Beeren wusste das und wollte Roland wegen der Sache mit der Transportkiste in London nun auf hinterhältige Weise diskreditieren. Nach der Vernissage im Kunstsalon würde Roland zurück ins Hotel kommen. Nikolai würde ihn mit den Worten *Guten Abend, mein Lieber* begrüßen. Das leicht bekleidete, minderjährige Mädchen würde aus dem Schrank und in Rolands Arme springen, und nachdem Nikolai ein Foto dieser gesetzwidrigen Liaison gemacht hätte, würde Wladimir, der den Ausgang versperrt hielte, Roland niederschlagen, aber nicht ins Gesicht, um keine Beweise zu hinterlassen. Dann würden die beiden Männer mit der Kleinen in aller Ruhe das Hotel verlassen. Bei Übergabe des Films und des Mädchens würden Wladimir und Nikolai ihr Geld bekommen, eine stattliche Summe, die in einem Umschlag auf Heinrich Beerens Schreibtisch auf sie wartete.

»Das macht doch alles keinen Sinn, Wlad«, sagte Nikolai, »nur mal angenommen, er hat einen Tipp bekommen.«

»Dann wäre hier schon längst ne Streife aufgetaucht, und wir würden aussehen wie eine kleine Giraffe ohne Hals.«

Die Luft im Zimmer war verbraucht, und Wladimir wollte gerade zum Fenster gehen und es öffnen, als er von Nikolai unterbrochen wurde.

»Bleib mal genau so stehen, Wlad«, sagte Nikolai und hantierte mit seiner Kamera. Dann drückte er auf den Auslöser.

Die beiden Männer warteten vergeblich. Das Taxi mit Laura und Roland hielt vor einem Altbau. Dort befand sich ein kleines Hotel, in dem sich Laura eingemietet hatte.

Laura drückte die Haustür auf, und sie kamen am Nachtportier vorbei, der kurz von seinem Buch aufschaute, *Guten Abend* sagte und, als Laura mit dem Schlüssel wedelte, den

Blick wieder senkte. Mit einem alten, gusseisernen Fahrstuhl fuhren sie in den zweiten Stock. Laura schloss Zimmer vierhundertzwölf auf.

»Treten Sie bitte ein, nach Ihnen, Madame«, sagte Roland mit der Stimme eines Pagen aus besserem Haus.

Die Biedermeiermöbel waren aus dunklem Walnuss- und Kirschholz. Zwischen zwei Einzelbetten stand ein einzelner Nachttisch mit einem Lämpchen. Gegenüber der Betten ein Kleiderschrank und daneben ein ovaler Tisch mit zwei Stühlen und ein Orientteppich mit Gartenmuster, darunter Parkett. Die neue, hellgrüne Papiertapete war auf alt gemacht und dunkelgrün gestreift.

— Das Zimmer gefällt mir,

dachte Roland,

— wie schön sie ist.

»Lass das«, sagte Laura, als Roland gerade die Gardine zuzog.

»War nicht so gemeint«, entschuldigte sie sich, »sei so gut und öffne das Fenster.«

Die frische Luft im Taxi hatte Laura hungrig gemacht. Sie hatte den ganzen Tag noch nichts gegessen und nur Wasser und Whisky getrunken.

Sie setzte sich auf einen der Stühle und zog einen ihrer Schuhe aus.

»Ein Polar-Bier wäre nicht schlecht, was meinst du? Ich hab auch Hunger bekommen«, sagte sie und sah zu Roland, der sie beobachtete.

»Ich geh noch mal runter und frag, was sie machen können«, sagte er, »aber mach dir nicht zu viel Hoffnung, es ist spät.«

Sie zog sich den anderen Schuh aus. Dann stand sie auf und schob ihr Kleid nach oben. Über ihren halterlosen

Strümpfen kamen zwei makellose, blasse Beine zum Vorschein. Als Roland einen Schritt auf sie zu ging, sagte sie, sie habe Lust auf Brokkoli und band ihre Haare zum Zopf.

»Sag, die Küche soll einfach einen riesigen Teller mit Brokkoli machen.«

»Nur Brokkoli?«, fragte er und blieb stehen. »Ein Glas Wein vielleicht?«

Laura antwortete nicht, setzte sich auf den Stuhl und strich mit der Hand an ihrem Bein entlang.

»Ich hasse es, alt zu werden«, sagte sie verächtlich und verstärkte den Druck ihrer Hand auf das Bein, ihr Gesicht zur Grimasse verzogen.

»Was ist nur mit meinen Beinen passiert? Ich bin jetzt dreißig, und schau dir bloß meine Beine an. Sag mir, dass meine Beine hässlich sind.«

Roland streifte sein Sakko ab und ließ es aufs Parkett fallen. Er begann, die Knöpfe seines Hemdes zu öffnen.

»Deine Beine sind schön«, sagte Roland und kniete sich zwischen ihre Beine, seine Hände auf ihre Knie gelegt.

»Ich brauch jetzt wirklich eine riesige Portion Brokkoli. Brokkoli ist das Gesündeste, was man überhaupt essen kann«, sagte sie und löste sich von ihm.

Beim Hinausgehen lehnte Roland die Tür hinter sich an und ging den Flur entlang zum Fahrstuhl. Das schwache Licht glich dem einer Notbeleuchtung. Neben einem kaum vernehmbaren Summen waren seine Schritte das einzige Geräusch auf dem Gang. Der Fahrstuhl war immer noch auf der Etage.

Der Nachtportier begleitete Roland mit seinem Blick vom Fahrstuhl, bis er vor ihm am Tresen stand. Er legte sein Buch zur Seite.

»Wie kann ich Ihnen helfen?«

»Ich möchte gerne einen großen Teller Brokkoli bestellen, für die Dame in Zimmer vierhundertzwölf.«

»Die Küche ist leider schon geschlossen«, sagte der Portier.

»Haben Sie denn Brokkoli auf der Speisekarte?«

»Die Küche ist wirklich schon geschlossen«, wiederholte er und schaute auf den Zimmerplan.

»Herr –«

»Sehen Sie«, sagte Roland und stützte seinen Arm auf den Tresen, »mir ist oben schon klar gewesen, dass die Küche geschlossen hat, sonst hätte ich Sie auch anrufen können. Und ich bin nicht von hier, sonst hätte ich in einem Restaurant angerufen und etwas kommen lassen.«

»Vierhundertzwölf sagten Sie, Herr –«

»Können Sie nicht mal schnell in der Küche nachsehen, ob Sie Brokkoli haben. Oder ist es Ihnen möglich, irgendwo anzurufen?«

Der Portier schaute auf seine Uhr.

»Es ist drei Uhr. Unsere Küche ist schon seit elf geschlossen. Und ich denke, dass auch alle anderen Küchen in der Stadt geschlossen sind.«

»Was ist mit Brot, haben Sie vielleicht ein paar Scheiben Brot und eine Flasche Rotwein, trockenen?«

Schwerfällig erhob der Portier sich von seinem Stuhl und zupfte das Jackett zurecht.

»Warten Sie bitte«, sagte er und verschwand durch die Glastür in den Speisesaal. Nach ein paar Minuten kam er mit einem Tablett zurück. Das geschnittene, gemischte Brot in dem Frühstückskorb sah trocken aus, der Rotwein war bereits geöffnet, daneben ein einzelnes Wasserglas.

»Mehr kann ich nicht für Sie tun.«

Roland nahm das Tablett und dankte ihm. Als er sich umdrehte, sagte der Portier, dass es sich bei Zimmer vierhundertzwölf aber um ein Einzelzimmer handele.

»Schreiben Sie's bitte mit auf«, sagte Roland und ging einfach weiter. Dieses Mal setzte er sich im Fahrstuhl nicht auf das rote Samtbänkchen, und als er in ihrem Stockwerk angekommen war, schloss er das Gitter hinter sich. Er fand die Zimmertür zugezogen.

»Zimmerservice«, sagte er nicht zu laut und klopfte dabei an die Tür.

»Hast du Brokkoli mitgebracht?«, hörte er ihre Stimme irgendwo im Zimmer.

»Einen ganzen Teller voll, so wie du's wolltest.«

Roland hörte Schritte, die Tür öffnete sich, und als Laura wieder zurück ins Zimmer ging, sah er ihren Zopf, der auf dem nackten Rücken hin und her baumelte. Ihr Kleid, die Strümpfe und ihre Unterwäsche lagen neben den Schuhen und dem Stuhl auf dem Teppich.

Roland dachte, er hätte ihr gerne beim Ausziehen zugesehen. Ob sie ihn dabei angesehen hätte?

— Der Duft ihrer Haut ist überall im Raum. Wie ein großer Strauß Blumen,

dachte er.

»Du bist der schönste Lügner, den ich kenne«, sagte Laura und ging auf das Fenster zu.

Er stellte das Tablett auf den Tisch und trank einen Schluck Wein aus der Flasche.

Laura schaute auf die Straße hinunter. Roland fragte sie, ob er das Licht ausschalten solle.

»Ja, schalt es ab. Nein warte, lass es noch an.«

Dann folgte er ihr zum geöffneten Fenster, reichte ihr die Flasche, küsste ihren Hals. Er kniete sich hinter sie.

Während sie die Flasche an ihre Lippen setzte und trank, drehte sie sich zu ihm um.

Laura saß auf dem Tisch und hatte ihre Beine auf Rolands Schultern abgelegt. Roland, der sich ausgezogen hatte, kniete vor ihr. Seine Hände hielten ihre Oberschenkel. Laura stützte sich mit den Händen auf dem Tisch ab, ihr Rücken bildete ein Hohlkreuz, den Kopf hatte sie in den Nacken gelegt.

Lauras Kopf lehnte gegen ihre übereinandergelegten Hände am Türrahmen, und sie presste ihren Po gegen Roland, der, ihr zugewandt, in leichtem Ausfallschritt hinter ihr stand, ihre Hüfte umfasste und sein Becken nach vorne geschoben hatte.

Roland saß auf einem der Stühle, die Füße am Boden. Laura saß, ihre Brüste gegen sein Gesicht gedrückt, die Arme um ihn geschlungen, auf ihm. Ihre Zehenspitzen berührten den Boden. Rolands linker Arm lag auf ihrem Rücken, seine rechte Hand auf ihrem Po.

Roland stand mit dem Rücken zum Fenster auf dem Parkett. Laura kniete, das Gesicht ihm zugewandt, die Augen geschlossen, vor ihm, ihre rechte Hand auf seinem Po. Roland hielt, ebenfalls mit seiner rechten Hand, ihren Kopf.

Auf dem Bett liegend, hatte Laura ihr linkes Bein angewinkelt. Roland, seine linke Hand auf ihrem Fuß, küsste ihre Wade. Seine Lippen ruhten auf der dünnen Haut, seine Augen waren geschlossen. Ihre beiden rechten Hände berührten sich auf Lauras Bauch. Hinter Rolands Körper war ein Teil des Vorhangs neben dem Fenster zu sehen, der in unregelmäßigen Falten fiel.

Roland und Laura lagen nebeneinander auf dem Bett am Fenster. Laura auf dem Rücken, Roland auf der Seite, seinen Kopf an ihre Schulter gelehnt. Er schlief. Laura berührte mit den Fingern ihrer rechten Hand seine Haarspitzen. Sie wollte nicht einschlafen. Irgendwann fielen ihre Augen trotzdem zu.

Roland und Laura stehen an einem Himbeerstrauch und essen gierig das dunkelrote Obst, dessen saftiges Fleisch an ihren Mundwinkeln herunterläuft und auf die Erde tropft. Ein Himbeersee, denkt Roland. Als Laura ihn verliebt anschaut und ohne hinzusehen nach einer Himbeere greift, findet ihre Hand ein Küchenmesser. Damit ritzt sie sich Rolands Namen in die Innenseite ihres Arms und reicht ihm das Messer zeremoniell weiter. Nun will er ihren Namen in seinen Arm ritzen, aber dann schreibt er doch nur seinen eigenen. Da erklingt aus dem Himmel eine hohe Frauenstimme: *Essen ist fertig!* Warum danach nicht zum Bowling gehen, denkt Roland, wenn Laura mit ihm bowlen ginge, dann wäre alles möglich zwischen ihnen. Plötzlich regnet es Hirschkeulen, was Roland ganz natürlich erscheint. Laura zieht einen Regenschirm aus ihrem kleinen Finger und spannt ihn über ihnen auf. Auf dem Regenschirm sind Regenschirme abgebildet, auf denen Regenschirme abgebildet sind. Neben ihnen schlagen die Hirschkeulen auf und verwandeln sich gleich darauf in fette Spatzen. Roland versucht, zwischen alldem einen Zusammenhang zu erkennen, aber es gelingt ihm nicht. Er sagt etwas zu Laura, das er selber nicht versteht. Ein Zwerg kommt des Weges und hält einen Lichtschalter in der Hand, den er im nächsten Moment auch betätigt. Das Licht geht aus, und Roland wird durch einen Tunnel geblasen. Nach vier Kurven sieht er einen kleinen Lichtfleck, der schnell größer wird und auf ihn zugerast kommt. Er fällt aus einer Öffnung auf den Boden, wo Laura auf einem Spatz sitzt und ihn zu sich hinaufzieht. Sie fliegen in den wolkenlosen Himmel, und unten steht Edgar mit seiner Trompete und winkt. Rolands Hinterteil ist ganz kalt, und er sieht, dass der Spatz kein Spatz mehr ist, sondern ein Stein, der jetzt der Gravitation nachgibt. Laura zieht einen riesigen Pork Pie aus einem ihrer Finger, dieses Mal aus dem Daumen, und sie landen, den Hut als Fallschirm benutzend, sanft auf einer Wiese. Das Gras ist wie mit der Nagelschere geschnitten, denkt Roland und sieht den riesigen Pork Pie, unter dem er Laura nach Marilyn Monroe rufen hört. Als er versucht, den Hut anzuheben, ist der schwer wie ein Wal. Unmöglich, ihn zu bewegen. Roland bemerkt, die Wiese ist ein Ozean, aber er steht auf dem Wasser und auch der Pork Pie ist noch da. Unter ihm im Wasser schwimmt Edgar, und plötzlich erstreckt sich der Hut unter einer zwanzig Meter hohen Trompete, die in den Himmel ragt. Jemand greift von hinten nach Rolands Hand, es ist Laura. Sie sagt *Roland* und er sagt *Laura*, und gemeinsam beginnen sie zu Tschaikowskis *Schwanensee,* das aus der Trompete bläst, zu tanzen. Roland trägt ein Hochzeitskleid, Laura Frack und Zylinder und Edgar ist mit Schwanenhälsen kopfüber an die Trompete gefesselt, während Himbeeren um seinen Kopf schweben. Daneben stehen Spatzen, die Hirschkeulen grillen und Hirschkeulen, die Spatzen essen. Laura und Roland knien vor der Trompete nieder. Als Edgar Roland fragt, ob er Laura zu seiner Frau nehmen will, ist da wieder der Zwerg mit dem Lichtschalter.

Laura spiegelte sich in Rolands Augen. Sie lag schlafend auf dem Rücken und war bis zur Hüfte mit einem dünnen Baumwolllaken bedeckt. Auf ihrem Körper die Morgensonne.

— Da ist sie,

dachte Roland.

— Nimm deinen Blick nicht von ihr. Alles andere wäre Dunkelheit, und dann seid ihr beide verloren.

Er folgte den Zügen ihres Körpers, beginnend bei ihren Beinen, die sich unter dem Laken abzeichneten. Ihr Bauch und ihre Brüste bewegten sich mit ihrem Atem gleichmäßig auf und ab, ganz ruhig und friedlich. Dann sah er an ihrem Hals entlang, den er in der Nacht zuerst geküsst hatte, bis hin zu ihrem Gesicht. Sein Blick streichelte ihr Haar, ihre Stirn und die geschlossenen Lider, ihre Wangen und verweilte schließlich lange auf ihren Lippen.

— Das Licht und sie sind ein und dasselbe,

dachte Roland.

— Im Augenblick, da das Licht auf etwas fällt, mag es auch von ganz unscheinbarer Natur sein, sieht es vollkommen und schön aus,

dachte Roland, als er mit seiner Hand sanft durch ihre Haare strich.

— Lass mich dich noch eine Weile ansehen, bevor du aufwachst. Ich möchte meinen Blick auf dir ruhen lassen wie auf einem Kind oder so, als wäre es das erste Mal, dass ich dich erblicke.

»Хорошая моя«, flüsterte er, »meine Liebste.«

»Wenn du mich doch nur gekannt hättest, bevor –. Wenn du mich doch nur sehen könntest, jetzt –.«

Roland nahm den Blick von ihr und sah durch das Fenster hinauf in den Himmel. Dort stellte er sich Schiffe vor, die in einen Hafen ein- und ausliefen, sah Container in allen nur denkbaren Farben, wie sie entladen und geöffnet, wie sie versiegelt und beladen wurden. Er stellte sich vor, wie Menschen am Alsterufer flanieren, und er sah eine Rolltreppe, auf der Menschen nach oben fuhren, aber niemand nach unten. Er sah mit dem neuen Morgen das Leben in die Stadt einziehen, und er sah den Glanz, der strahlte und der im nächsten Moment, als würde sich der Himmel zuziehen, stumpf wurde und nach Öl und Verfaultem stank. Er sah Obdachlose, die in zerrissener Kleidung auf Abfallbergen saßen und stotterten und stammelten. Er sah verwahrloste Menschen, die sich aus Sardinenbüchsen schälten, die Fahnen aus schmutzigbunten Plastiktüten gehisst hatten und die einäugig, einarmig und einbeinig nebeneinander standen und wie eine Sportmannschaft skandierten, der Weltuntergang sei nah.

— Wem folgen die da draußen, und wem werde ich folgen?,

dachte Roland.

— Sie alle fühlen sich so lebendig, was sie auch tun. Sie fühlen, dass sie dazugehören, zu ihrer Arbeit, ihrer Familie, der Stadt, dem Land, demjenigen, der all ihre Bedürfnisse kennt und sie auf einem Nährboden reifen lässt.

Als die Sonne durch eine mächtige Wolkenformation brach, erinnerte sich Roland an seinen Traum aus der letzten Nacht, und Laura wachte auf.

»Ausgeschlafen?«

»Wie spät ist es?«

»Schon nach elf.«

»Liebster, was ist mit dir?«.

»Ich weiß nicht, es ist so hell draußen. Und es ist schon so lange her - .«

»Was ist lange her?«

»Dass ich mit einer Frau geschlafen habe -«

»Mein Liebster -.«

»- die ich liebe.«

— Eine wundersame Heilung,

dachte Roland,

— nur, dass der Kranke nicht krank war, sondern gesund, und dass seine Genesung keine Heilung war, sondern ihn erst krank gemacht hat. Jetzt soll ich wieder entlassen werden. Als sogenannter Geheilter. Aber in Wahrheit bin ich jetzt krank. Todkrank. Ich kann zwar wieder etwas fühlen, aber das wird vorbeigehen, und dann ist da wieder nichts.

»Weißt du, ich denke die ganze Zeit an dich und mich nackt«, sagte Laura und rekelte sich unter der Decke hervor.

»Ich weiß.«

»Und ich möchte gerne vor meinen Freunden mit dir angeben.«

»Ja.«

»Hast du was dagegen, wenn ich zuerst dusche?«

»Möchtest du dann, dass ich deine nassen Lippen küsse?«

»Was noch?«

»Von deinen Haaren wird mir das Wasser auf den Körper tropfen, und ich werde etwas zittern dabei.«

»Nur etwas?«

Nachdem Laura im Badezimmer verschwunden war, zog Roland seine Sachen an und die Zimmertür geräuschlos hinter sich zu. Laura sang in der Dusche, und als sie fertig war, bat sie Roland, ihr ein Handtuch zu reichen, erhielt aber keine Antwort und kein Handtuch. Sie dachte, sie würde sich bei Roland im Bett abtrocknen.

»Meine linke Hand riecht immer noch nach dir, trotz Dusche, ehrlich«, sagte sie wie eine große Entdeckerin, die im nächsten Moment feststellen musste, dass der Raum leer war.

»Roland –. Roland –?«

Sie ließ sich aufs Bett fallen und dachte lange nichts.

— So endet, was anfängt. Wie leichtfertig du manchmal bist. Und wie er mich angesehen hat, als er gesagt hat – *die ich liebe*. Ich könnte aus dem Fenster schauen, ob er noch irgendwo zu sehen ist. Ich könnte winken. Mit einem Taschentuch. Oder mich hinabstürzen auf ihn. Hätte er mich wenigstens noch einmal geküsst und dabei gelächelt wie in der Bar. Liebe beginnt mit einem Blick, einem Lächeln und ohne Grund. Im einen Moment ist man allein und im nächsten ist man Teil einer Verschwörung gegen alle und jeden. Gegen den Rest der Welt, für eine Nacht. Langsam, Laura, langsam, alles Gute entsteht aus der Langsamkeit.

Als sie nach ihrem Kleid griff, um sich anzuziehen, war da eine Nachricht.

Komm morgen früh um elf Uhr zum Bücherbogen am Savignyplatz!

— Bevor ich jetzt irgendwas denken kann, muss ich erst mal was frühstücken.

Sie nahm den Telefonhörer von der Gabel und wählte die Null.

»Rezeption, wie kann ich Ihnen helfen?«

»Ja, Zimmer vierhundertzwölf. Ich würde gerne heißen Kaffee und frisch gepressten Orangensaft, vier Scheiben Toast, Marmelade, Rührei und Speck, superknusprig, fast verbrannt, bestellen.«

»Tut mir leid, Frau Mistral, aber die Frühstückszeit ist schon vorbei.«

Stunden später hatte der gelbrote Wurm Roland in sich aufgenommen und trug ihn aus dem Berliner Hauptbahnhof Richtung Alexanderplatz. An der Haltestelle Friedrichstraße sah Roland eine Frau auf dem Bahnsteig, die Laura ähnlich sah. Er würde sie morgen früh in Charlottenburg treffen und sehen, wie er sich dabei fühlte. Und sie sich.

Zwischen Friedrichstraße und Hackescher Markt rückte Roland von einem Platz am Gang ans Fenster auf, hielt sein Gesicht in die Sonne und fühlte sich schön.

— Wie kann die Kunst, wie kann ein Koffer ein ganzes Leben rechtfertigen? Bauer, Nilman, Nanitz und die anderen sind nichts als Haifische. Mit ihrem unstillbaren Hunger beißen sie Stücke aus dem Fisch heraus, den der alte Mann draußen auf dem Meer gefangen hat und der so groß ist, dass der Alte ihn an der Außenseite des Bootes befestigen muss. Mach dir nichts vor. Für wen hast du den Fisch gefangen? Was hast du durch diese Menschen gewonnen? Sehr viel Geld, ja. Der letzte Koffer an Nanitz. Du hast dich hochgearbeitet, jetzt arbeite dich wieder runter.

Roland dachte, wenn ihn jemand in der Bahn denken hören könnte, er würde sicher meinen, Roland sei ein Betrunkener, ein Verrückter, zumindest einer, der auf dem besten Weg in einen der beiden Zustände war.

Am Hackeschen Markt fiel Roland ein Mann mit groben Gesichtszügen und zu großer Kleidung auf. Es war Bernhard aus der Eckkneipe. Aber Bernhard hatte Roland an jenem Abend nicht gesehen. Er würde ihn also nicht erkennen. Roland stieg nicht wie gewöhnlich am Alexanderplatz aus. Er wollte Bernhard ein Stück folgen, erst einmal ohne Ziel.

An der Jannowitzbrücke stiegen sie die Ebenen hinab zum Erdwurm, Roland ein Dutzend Schritte hinter Bernhard. In der Bahn nach Süden saßen kaum Menschen.

Bernhard stieg an der Boddinstraße aus, und Roland folgte ihm. Sie gingen die Hermannstraße entlang und über die Selchower Straße. Roland lächelte einem Mann zu, der traurig aussah. Als sie aneinander vorbeigegangen waren, hörte Roland, wie der Mann hinter ihm ausspuckte. An der Herrfurthstraße stieß Roland beinahe mit einem Mann zusammen, der an einer Zigarette zog, ein gelbes Gesicht und blutunterlaufene Augen hatte. An der Kienitzer Straße starrte eine Frau mit fettigen Haaren, die einen Pelzmantel und billige Turnschuhe trug, Roland fast in Grund und Boden. An der Allerstraße schrie ein Mann mit einem schwarzen Aktenkoffer unterm Arm grundlos Passanten an. Dann plötzlich weitere Aufschreie, kurze und stumpfe, die Roland niemandem zuordnen konnte. Jemand rief *Uh*! und *Ah!*, jemand anderes *Bleib stehen!* und jemand ganz anderes *Komm her!*

— Wen rufen sie da?,

fragte sich Roland.

— Ein Kind oder einen Hund?

Er blieb einen Augenblick stehen und sah weder Kind noch Hund.

Bernhard bog rechts um die Ecke in die Okerstraße, wo ein Flughafen ohne Flugzeuge und ohne Lotsen darauf wartete, eine neue Bestimmung zu bekommen. Ein total zerstörtes Kofferradio lag auf dem Gehsteig, und Roland schaute am Haus nach oben und wunderte sich, aus welchem Stock es wohl gefallen sein mochte.

Roland hatte am Ende der Straße nicht aufgepasst, und Bernhard, der um die nächste Ecke gebogen war, hatte Roland abgepasst und griff seinen Arm.

»So Freundchen, jetzt raus damit, wat haste vor?«

Roland spürte eine Kraft durch seinen Körper zucken, die ihn an Metall und das Anziehen von Schrauben denken ließ, kalt und hart und stumpf. Jetzt sah er Bernhard zum ersten

Mal aus der Nähe. Er hatte ein grobes und zerklüftetes Gesicht. Seine eingesunkenen Augen glühten vor Zorn, aber als er merkte, dass von Roland keine Gegenwehr kam und erst recht keine Gefahr ausging, wurde er ganz plötzlich zu einem freundlichen, ganz ruhigen alten Mann mit grauen Haaren.

»Sag schon, wat willste?«

Roland sah Bernhard direkt in die Augen und merkte, dass das beruhigend auf sein Gegenüber wirkte.

»Bernhard, oder?«

»Nüscht *oder*.«

»Ich bin Roland. Komm, wir gehen. Ich zahl' das Bier und erzähl' dir alles.«

Gleich an der nächsten Straßenecke kaufte Roland einen Sechserträger kaltes Bier, und Bernhard sagte, er wohne ein paar Meter weiter die Allerstraße runter.

»Bitte sag mir vorher noch, warum du nicht an der Leinestraße ausgestiegen bist? Das ist doch viel dichter dran als von der Boddinstraße«, fragte Roland, als sie vor der Haustür im Hinterhof angekommen waren.

»Wegen den Friedhöfen da unten«, antwortete Bernhard, »Ick hab dann immer det Jefühl, ick fahr in mein Grab.«

Sie betraten Bernhards Ein-Zimmer-Wohnung mit der Kochnische und dem ausklappbaren Sofa. Bernhard konnte sich nicht erinnern, wann das letzte Mal jemand außer ihm die Wohnung betreten, wann das letzte Mal jemand auf dem zweiten Stuhl oder auf dem Sofa gesessen, in seinem Bett geschlafen hatte. Auf dem Tisch stand das Paket, das er von seinem Arbeitgeber zur Pensionierung bekommen hatte. Bernhard hatte es noch nicht geöffnet. Er stellte zwei Biere auf den Tisch, die restlichen in den Kühlschrank. Das Paket stellte er neben den Ofen. Dann ging er zum Fenster und schaute in den Hinterhof.

»Früher hat der Bruno hier manchmal jespielt«, sagte Bernhard, »kennste den, der war stadtbekannt jewesen?«

»Früher?«

»Der is nach Amerika.«

In der oberen rechten Ecke der Fensterscheibe war ein Loch, das mit einem Lumpen gestopft worden war. Gegenüber des Fensters befand sich ein kleiner Kohleofen, daneben ein Haufen auseinandergebrochener Briketts. Roland stellte sich vor, dass Bernhard sie von der Straße aufgelesen hatte, wenn die Kohlelieferanten mit ihrem Lastwagen unterwegs waren und Bernhard ihnen folgte.

Bernhard drehte sich eine Zigarette und zündete sie mit einem Streichholz an.

»Kommt bestimmt irgendwann wieder«, sagte er.

»Wer?«

»Na, der Bruno.«

Bernhard dachte, wenn er langsam trinken würde, könnte er ein halbes Bier heute, die andere Hälfte morgen und die verbleibenden Biere im Kühlschrank über die kommenden acht Tage verteilt trinken.

»Was hat der denn immer so gespielt?«, fragte Roland.

»Wer?«

»Na, der Bruno«, sagte Roland.

»*Mamatschi* und so'n Zeugs. Kennste det?«

»Klar: *Pferde aus Marzipan und Holz, Mamatschi, solche Pferde wollt ich nicht«*, sang Roland wie ein kleiner Junge.

»Ne Kummerjestalt durch und durch«, sagte Bernhard. »Wenn der Bruno jetzt in Amerika jeht, denn jeht der Bruno jetzt bestimmt in Freiheit. Weeßte, so hat der Bruno immer jesprochen. Als Bruno 'n Kind war, ham die Nazis mit ihm in ner Nervenklinik rumexperimentiert. Der hatte 'ne scheiß

Kindheit, der Bruno, deshalb hatta auch so komische Sachen jesagt.«

»Sag mal, wie lange wohnst du hier eigentlich schon?«, fragte Roland.

»Im Haus schon immer. In der Wohnung fuffzehn Jahre. Und vorher nebenan.«

— Wenn man arm ist,

dachte Roland,

— stirbt immer derjenige zuerst, dessen Liebe am tiefsten ist, denn derjenige stellt sich immer an zweite Stelle, und er überlässt dem anderen das wenige Essen oder den Platz am Ofen.

»Hast du mit deiner Frau nebenan gewohnt?«

»Ja.«

— Mit wenig Wasser baden,

dachte Roland,

— und für die Frau und die Kinder, die nach dem Mann baden wollen, kein neues Wasser einlassen, sondern sie dasselbe, nun schon abgekühlte und schmutzige Wasser benutzen lassen.

»Kinder?«

»Keene Kinder.«

— Wenn man wirklich arm ist,

dachte Roland,

— stirbt man ohne Namen, ohne Alter, von allen unbemerkt.

»Ich hab dich vor ein paar Wochen bei Resi gesehen«, sagte Roland.

»Warst du der, der det Bier spendiert hat und abjehauen is?«

»Resi hat was von Pensionierung gesagt. Ich wollte nicht stören.«

»War eben nich die feine Art. Aba danke fürs Bier.«

»Ich möchte mich auch bei dir bedanken«, sagte Roland und legte den gefalteten Tischdeckenscheck von Helmut Bauer auf den Tisch.

»Quatsch nich, wat bedanken? Und was ist det für 'n Wisch? Ist det 'n Scheck? Ick brauch keen Geld!«

Bernhard faltete den Scheck auseinander.

»Du willst mir wohl veruzen, wa?«

»Ich weiß, du brauchst das nicht. Du kommst alleine klar –«

»Da haste verdammt noch mal recht. Oder haste hier 'n Karnickel rumhoppeln sehen, für Weihnachten?«, sagte Bernhard verärgert.

»Bitte, Bernhard.«

»Oder hab ick dir 'n Puffer mit Kartoffelschalen anjeboten? Oder haste bei mir Tabakpflänzchen uff da Fensterbank jesehen? Sag, watte sagen willst. Und denn – «

» – Abmarsch, ja. Weißt du, ich hab dich bei Resi gesehen, und sie hat mir gesagt, dass du gerade pensioniert worden bist. Und da ich hab gemerkt, dass mein letzter Tag auch nicht mehr weit entfernt ist und hab dir das Bier bestellt. Und als ich dich heute in der S-Bahn gesehen hab, da war ich neugierig darauf, wie dein Leben danach aussieht.«

»Und haste jesehn, watte sehn wolltest?«

»Hab ich.«

Bernhard steckte den Scheck, nicht ohne einen weiteren kurzen Blick darauf zu werfen, in seine Hosentasche.

»Ick denke«, sagte Bernhard, »denn is ja weiter nüscht jewesen.«

Wortlos reichte Roland Bernhard die Hand und verließ das Zimmer, die Wohnung und das Hinterhaus.

— Mit Kunst,

nahm Roland seinen Gedanken aus der S-Bahn wieder auf,

— hast du viel Geld verdient. Aber du hast nicht gesehen, wie dein Leben wieder zu zerfallen begann. Du hast den Fisch gefangen und deine Arbeit gemacht. Nur, wenn du diese Arbeit jetzt noch ein weiteres Mal machst, du den Fisch ein weiteres Mal fängst und mit dem Gerippe in den Hafen einläufst, nur noch ein einziges Mal, dann ist nicht bloß der Fisch, deine Arbeit, zerfallen, sondern dann zerfällst du selbst, dann gehst du selber daran zugrunde. All die Leben, die du mit deinen Figuren gelebt hast, die du ausgeschmückt hast. Und dann bist du zur nächsten Figur gegangen. Hast versucht, den nächsten Fang in den Hafen zu bringen. Und übrig blieb wieder nur ein Gerippe. Du hast etwas gewollt, das nichts mit dir selbst zu tun hatte. Hast dein eigenes Leben nur ein weiteres Mal ausstaffiert. Mach endlich Schluss damit.

Roland wartete auf die U-Bahn in der Station zwischen den beiden Friedhöfen und betete dreimal das *Vaterunser*. Hinterher schämte er sich dafür.

Nach einer Weile kroch der Erdwurm mit einem modrigen Windstoß und lautem Donnern in die Station ein. Anstatt einzusteigen, ging Roland zu Fuß nach Hause.

Die Menschen, denen er vorher auf der Hermannstraße begegnet war, waren verschwunden. Durch die offene Tür einer türkischen Bar sah Roland ein halbes Dutzend Männer in einem verrauchten Raum beim Kartenspiel. An der Wand hing ein Poster mit Palmen, weißem Sandstrand und blaugrünem Meer.

— Mich an eine Palme lehnen und warten, bis ein wildes Tier kommt und mich auffrisst. Das nenne ich Paradies,

dachte Roland und zerriss den Scheck von Karol Nanitz.

Von der Flughafenstraße kommend, betrat er die Hasenheide und suchte sich auf der Wiese einen schattigen Platz, um auszuruhen.

— Eine halbe Stunde allein sein jetzt und an nichts denken.

Roland legte sein Ohr an die Welt und lauschte ihren rauschenden Lungen, dem Rasen ihres Herzens. Während er wegschlummerte, fühlte er sich unendlich.

»Zum Savignyplatz. Und bitte stellen Sie das Radio ab«, sagte Roland, als er am nächsten Morgen ins Taxi stieg.

An der Ecke Potsdamer Straße/Bülowstraße fragte Roland den Fahrer, ob er sich drauf einlassen solle oder nicht.

»Ich kenne das Buch von Kästner, das mit dieser Szene beginnt. Hab's schon des Öfteren gelesen«, sagte der Fahrer.

»Dann kennen Sie das Spielchen ja«, sagte Roland.

»Lassen Sie sich unter keinen Umständen drauf ein.«

»Danke, Sie spielen Ihre Rolle gut. Ich werde mich aber drauf einlassen.«

»Warum haben Sie mich dann überhaupt erst gefragt?«, spielte der Taxifahrer weiter.

Roland stieg am Savignyplatz aus, und über ihm kroch gerade der gelbrote Wurm die Trasse entlang und trug Menschen in sich an Orte, die sich Roland alle auf einmal vorzustellen versuchte. Als könnte er alle Menschen in der Stadt kennenlernen, die Art, wie sie lebten, liebten oder sich die Haare mit Wasser kämmten, bevor sie am Sonntag in die Kirche gingen. Als könnte er so seinen Frieden mit ihnen machen. Herrschte denn Krieg zwischen ihnen?

— Zumindest heute nicht,

dachte Roland und drehte eine Runde um den Platz.

Vor dem Buchladen, an dem er mit Laura verabredet war, wurden Tische aufgebaut und mit Büchern über Fotografie und Kunst beladen. In den schönsten von ihnen waren Dinge zu sehen, die längst nicht mehr existierten und nie wieder in dieser Form existieren würden. Nebenan wühlte ein Mann in den Äpfeln, um sich die gesündesten auszusuchen, und dabei fiel ein Kopfsalat aus einer der Kisten. Ein anderer Mann wäre beinahe auf den Salat getreten, sah ihn aber im letzten Moment und machte einen großen Schritt darüber hinweg, was wirklich komisch aussah und so schön, als wäre es eine Szene aus einem Film von Buster Keaton.

Ein gelbes Männchen trug mit seinem Fahrrad die Post aus, brachte Rechnungen und Hoffnungen, Lebenszeichen und Abschiedsbriefe. Und der zunehmende Verkehr begann die Luft mit Abgasen und giftiger Luft zu erfüllen, durch die die ersten Damen mit Hündchen und Hütchen Richtung Kurfürstendamm schwebten.

Einem kleinen Mädchen, das an der Hand seiner Mutter vorbeiging, hing die Zunge aus dem Mund wie einem Köter. Roland tat es dem Mädchen gleich, aber entweder bemerkte sie es nicht oder es war ihr egal.

— Ja,

dachte Roland bei ihrem Anblick,

— der Sommer kann an manchen Tagen eine verdammte Drecksau sein.

»Na, du Hübscher, hast dich wohl verlaufen.«

Als er sich umdrehte, bekam die Stimme einen Körper, ein Gesicht und einen Mund, mit dem ihm Laura einen Kuss gab.

»Jetzt weiß es die ganze Stadt«, sagte Roland, »ich dachte, du kommst vielleicht nicht.«

»Dummerchen! Weißt du was? Als ich deinen Zettel gesehen habe, musste ich an Marilyn Monroe denken. Sie hat Leuten, die sie nicht mochte, anstelle ihrer eigenen Telefonnummer einfach die einer Leichenhalle in Los Angeles aufgeschrieben.«

Laura sah, dass sich Rolands Schnürsenkel gelöst hatte. Sie kniete sich hin und band ihn zu. Er bot ihr seine Hand, sie nahm sie an, und er zog sie zu sich hoch und küsste sie.

»Gehen wir ein Stück?«, fragte Laura.

»Nicht bei dieser Hundehitze heute«, antwortete Roland und zeigte auf einen alten Mann, der an einem Torbogen lehnte. In seiner Hand hielt er einen Strick und am Strick einen Esel.

»Einen ganz hübschen Freund haben Sie da«, begrüßte ihn Laura.

Der Mann nickte ihr zu und zündete sich eine Zigarette an.

Roland fragte ihn, ob er sie beide auf seinem Freund ein Stück weit durch die Stadt führen könnte, sie würden ohne Gepäck reisen. Der Mann reichte Roland die Zügel des Esels.

»Er wird euch sicher leiten«, sagte er, »bindet ihn nur heute Abend wieder an dieser Stelle an. Wollt ihr das tun?«

»Kommen Sie nicht mit?«

Der Alte flüsterte dem Esel etwas ins Ohr, er streichelte ihn, klopfte ihm auf den Rücken und sagte:

»Nun?«

Laura und Roland ritten auf dem Esel über den Kurfürstendamm. Sie saß hinter ihm und umfasste seine Hüften. Der Esel war kein Elefant und wahrlich keine Limousine. Und Laura und Roland waren nicht Moses und der Kurfürstendamm kein Meer, das sich auftat, um ein ganzes Volk vor seinen Verfolgern zu retten. Einige Menschen drehten sich nach ihnen um, aber tatsächlich nahm kaum jemand Notiz von ihnen.

»Mon dieu, wenn man reist wie ein König, vergisst man schnell, dass diese Stadt ein Moloch ist«, sagte Laura und fächerte sich und ihrem Gefährten Luft zu.

»Schreibst du eigentlich gerade an etwas?«

»Ich arbeite daran, mich von einer großen Idee, einem großen Konzept zu lösen, es zu verwerfen. Um dann mit dem Schreiben beginnen zu können.«

»Eine Expedition in unbekanntes Land?«

»Eine größenwahnsinnige.«

In der Uhlandstraße stießen die beiden auf ein Ladengeschäft, das sie noch nicht kannten: *Obskura – seltsame Antiquitäten*. Sie banden den Esel an einer Straßenlaterne fest und stöberten zwischen den skurrilsten Dingen nach etwas Besonderem. Mit einem alten Pferdegebiss machte Roland Jagd auf Laura, und im Gegenzug erschreckte sie ihn mit einem Schrumpfkopf. Er inszenierte sich als Napoleon und sie sich als erste Präsidentin der Vereinigten Staaten. Dann tuschelte sie mit dem Verkäufer, und der nickte und nickte und nickte ihr zu, bis sie an sein Nicken glaubte, einen Schein aus ihrem Portemonnaie zog und Roland ein Jackett zuwarf.

»Hier, das hat Alain Delon gehört. Rate mal, welcher Film.«

»Aus den Sechzigern?«

»Oui.«

»Rocco?«

»Non.«

»Plein soleil?«

»Non.«

»Leopard?«

»Non.«

»In den Sechzigern hat er ausschließlich in guten Filmen gespielt. *Lautlos wie die Nacht?«*

»Einen Versuch hast du noch.«

»O.K., ich überspringe *Raubkatzen*, in *Swimmingpool* hat er kein Jackett getragen, bleiben noch *Der Club der Sizilianer* und *Der eiskalte Engel*.

»Entscheide dich.«

»Sizilianer?«

»Engel!«

»Nein!«

»Oui, mein Hübscher.«

Als sie den Laden verließen, trug Roland das Jackett über der Schulter. Er zündete zwei Zigaretten an und steckte eine davon Laura, die sich bei ihm eingehakt hatte, in den Mund. Sie rauchten. Dann küsste sie ihn. Und er küsste sie zurück.

Laura forderte Roland zu einem Fluchwettbewerb auf. Derjenige mit den besseren Schimpfworten sollte vom anderen einen Kuss bekommen.

»Dackelpisslachenexistenz«, begann Roland.

»Schwanzköpfige Vogelscheuche«, konterte Laura.

»Lebensdummheitenverbreitender Vizeaffe.«

»Befehlssüchtiger Nuttenpreller.«

»Wer? Ich?«, fragte Roland, und sie lachten.

»Vegetarischer Schuhputzlappen.«

»Von Höllenhunden angepeitschter Glubschaugenschlumpf.«

»Du gewinnst«, sagte Roland und gab ihr den Siegerkuss.

Laura sagte, sie könne unter keinen Umständen weiterreiten. Wenn sie nicht sofort ein Glas Wasser und ein Paar Handschuhe aus Eis bekäme, mit denen Roland ihren Nacken entlangstreichen sollte. Das Restaurant Grosz hatte natürlich keine Handschuhe aus Eis, aber dafür ein Handtuch mit Eiswürfeln. Ein Kellner folgte mit zwei Gläsern und einer Karaffe gekühltem Wasser. Ihm wiederum folgte ein Küchenjunge mit einem ganzen Eimer Wasser, der war für den Esel. Roland legte Laura den Eisschal um den Nacken, und sie ließ ihren Kopf etwas zurücksinken.

»Ich mag dich so ansehen«, sagte Roland,
»wenn du so bist, wie dich sonst niemand sieht.«
»Du darfst mich ansehen.«

Am Olivaer Platz sahen sie einen Mann, der einen roten Trainingsanzug und eine rote Baseballmütze trug. Er redete mit sich selbst, prallte gegen einen Stromkasten, ging taumelnd weiter, lief gegen eine Hauswand, drehte sich ein paar Mal um sich selbst, ging taumelnd weiter, stieß gegen ein Auto, taumelte jetzt mehr als er ging, lief wieder gegen eine Hauswand, taumelte, taumelte, aber er fiel nicht.

»Etwas derart Schreckliches hab ich in meinem Leben bislang nur ein einziges Mal gesehen«, sagte Roland, »ich trat auf eine Ameise, erwischte sie nicht richtig, und sie taumelte minutenlang im Kreis, bis ich keine Lust mehr hatte, ihr dabei zuzusehen.«

Sie ritten weiter, nun wieder auf dem Kurfürstendamm Richtung Westen.

Zehn Eselminuten weiter kamen sie zu einem zugenagelten Gebäude, einem ehemaligen Theater. Auf dem Dach stand verlassen ein Billboard, an dem früher Plakate auf die neusten Aufführungen aufmerksam machten. Heute hingen daran nur noch kurze, verblichene Papierfetzen. Laura und Roland gefiel dieses von der Witterung abgenagte Plakat, und sie wollten es näher begutachten. Roland versuchte vergeblich, eine der Holzplatten, die den Eingang verschlossen, zu bewegen. Dann fiel ihm eines der Fenster im Erdgeschoss auf, an dem die Platte nicht von außen, sondern von innen angebracht war. Er trat dagegen, noch einmal, dann gab sie nach, und sie stiegen ein. Durch das Foyer gelangten sie nach oben und durch eine Luke aufs Dach. Sie sahen auf den Kurfürstendamm und den Esel hinunter.

»Es wird Zeit, dass wir unserem Freund einen Namen geben«, sagte Laura.

»Pancho?«, schlug Roland vor.

»Meinst du Sancho?«

»Ich meine schon den General.«

»Der große Sancho Panza hat seinen Esel immer mit *Rucio* angesprochen«, sagte Laura.

»Bedeutet das etwas Bestimmtes?«

»Es bedeutet *Esel* oder *Grauer*.«

»Wir wollen ihn Céleste nennen«, beschloss Roland.

»Ja, du hast recht, er ist ein himmelblauer Grauer.«

Laura und Roland setzten sich auf die Brüstung unterhalb des verwitterten Plakats und küssten sich. Dann riss sie sich los. Sie sagte, das Plakat, oder was davon übrig war, sei gar nicht schön. Es sei deprimierend, Ausdruck der geistigen Krise, die sich durch die Stadt ziehe. Ein künstlerisches Theater müsse schließen und ein Unterhaltungstheater werde gefördert. Die wirklich guten Leute seien doch längst in kleineren Städten, wo sie konzentriert arbeiten könnten.

»Du meinst sicher die Krise, die sich durch die Welt zieht, durch Europa, durch Deutschland, durch diese Stadt, durch jeden einzelnen von uns. Wir könnten die Plakatwand kaputt schlagen.«

»Besser«, sagte Laura, »ich möchte, dass du mich jetzt liebst.«

Von der Straße aus waren Laura und Roland nicht zu sehen, aber daran dachten sie in diesem Moment auch nicht. Auch nicht an Céleste oder daran, dass dieser Tag oder sie selbst enden könnten. Und noch war es ja auch nicht so weit. Als sie sich geliebt und die Gedanken an Krisen abgeschüttelt hatten, bekam Laura Hunger.

Sie kamen zum Meyerinckplatz, wo gerade die Marktstände abgebaut wurden und wo sie in Anastasios' Restaurant einen Platz im Schatten fanden, auch für Céleste. Noch bevor Roland seine Lippen ans Glas gesetzt hatte, war das Eis darin zu Wasser geschmolzen. Roland aß gegrillten Oktopus und Auberginensalat, Laura frittierte Sardellen und einen Salat. Dazu tranken sie eine kleine Flasche Tsipouro, den sie mit Eis und Wasser verdünnten. Zu den Austern tranken sie eine zweite Flasche. Als Anastasios den Mokka servierte, sahen sie eine Putzwagenkolonne am Platz anrücken. An der Spitze ein großer Müllwagen mit zwei Männern, die leere Obstkisten und Kartons von der Straße schafften. Darauf folgte ein Kerl, mit einem Kärcher bewaffnet, der an den Wassertank eines kleineren Fahrzeugs angeschlossen war. Er beförderte Salatblätter, Orangenschalen, zermatschte Tomaten und Reste von kaputten Obst- und Gemüsekisten in die Mitte der Straße, wo das hinterste Fahrzeug alles einsammelte. Am Ende der Wagenkolonne machte ein Mann im Anzug die Endkontrolle. Als er ein einzelnes Salatblatt erspähte, kommandierte er einen der Arbeiter zurück, anstatt es selbst aufzuheben.

»Was für ein entsetzlicher Lärm. Als würde jemand mit einer Eisenbürste mein Gehirn bearbeiten. Die Wasserstrahlen knallen wie Schüsse, und das Getöse der Motoren klingt wie eine Naturkatastrophe«, sagte Roland.

»Welch atemberaubende Choreographie, meinst du nicht? Schau doch nur diesen Rhythmus an, den sie mit diesem einstudierten, klaren Ablauf erzeugen. Wie eine moderne Ballettkompanie. Nicht angestellt am Opernhaus, sondern bei der Stadt.«

»Brutal und rücksichtslos, würde ich sagen.«

»Eine absolut überwältigende Putzparade, würde *ich* sagen.«

»Würdest wenigstens *du* jetzt still sein«, sagte Roland und signalisierte Anastasios, die Rechnung zu bringen.

Gegen Abend verabschiedeten sie sich von ihrem treuen Begleiter Céleste und brachten ihn zurück zum Savignyplatz, wo sie ihn wie versprochen an einen Laternenpfahl anbanden. Mit der S-Bahn, dem gelbroten Wurm, wie Laura bemerkte, fuhren sie zu einem See, der sich am Stadtrand befand.

Kurz vor Mitternacht lagen Laura und Roland am Ufer des Sees. Sie trug das Jackett von Alain Delon.

»Bald ist Mitternacht«, sagte Roland.

»Endlich ist es kühler geworden.«

»Auf dem Kurfürstendamm sind jetzt nur noch Diebe und Gammler. Wir können auch hier weiter Liebe spielen.«

»Du sagst das wie einer, der genau weiß, wie lange.«

»Sag: *jetzt*.«

»Ich kannte diesen See noch gar nicht«, wich sie ihm aus.

»Er wird nur heute Nacht hier sein.«

»Wie meinst du das?«

»Er ist durch ein Erdbeben entstanden und hat keinen Grund. Wer versucht, bis auf seinen Grund vorzudringen, wird verschwinden und ums Leben kommen. Es gibt in diesem See auch Tiere, die es nirgendwo sonst auf der Welt gibt.«

»Lass uns schwimmen gehen mit diesen Tieren«, sagte sie und schmiegte sich an ihn.

»Oder verschwinden, du und ich und die Tiere«, antwortete er.

»Lass uns einfach ganz ruhig zusammen daliegen.«

»Eins musst du mir unbedingt verraten«, sagte Laura nach einem Moment des Schweigens.

»Frag mich bitte nicht danach, was es auch ist. Und frag mich nicht nach den anderen, mit denen ich auf frisch bezogenen Hotelbetten oder auf nackten Matratzen in fremden Wohnungen lag.«

»Ich will alles wissen von dir.«

»Vor allem willst du eine Perspektive, oder?«

»Ich will wissen, wer du bist.«

»Du willst zusammen sein mit mir?«

Laura nickte.

»So etwas wie mit uns, wie lange soll das gehen?«, fragte Roland.

— Eine Laura nach der nächsten,

dachte er dann,

— immer bloß Anfänge, perfekte Anfänge ohne Ende.

Als Roland seine Zigaretten aus der Hosentasche kramte, fiel ein kleines Telefonheft heraus. Er nahm es in die Hand und blätterte darin.

»Seltsam, als wäre es das Leben eines anderen«, sagte er.

Dann ließ er das Heftchen aus der Hand gleiten und beachtete es nicht mehr.

»Warum wolltest du mich wiedersehen? Und warum bist du immer noch hier?«, fragte Laura.

»Ich mag, wie wir uns gegen den Rest der Welt verschwören.«

Laura lächelte, und das machte Roland zornig auf sich selbst.

— Dein Leben verwandeln und die Welt gleich mit. Was folgt, sind doch bloß Stiche, Schnitte und Zerfleischungen, denen du nur mit Mühe lebendig entkommst.

»Du bist schön, wenn du zornig bist«, las sie seine Gedanken, ohne sie zu verstehen.

Als eine Windböe in eine Platane fuhr, raschelten die Blätter so laut, dass Laura nicht hörte, wie Roland sagte, sie sollten besser still sein.

»Wir sollten wohl besser still sein«, sagte sie dann.

Roland und Laura lagen nebeneinander am See. Dieses Mal lag Roland auf dem Rücken und Laura auf der Seite, ihren Kopf an seine Schulter gelehnt. Sie schlief. Roland wollte nicht einschlafen. Irgendwann fielen seine Augen trotzdem zu.

Roland erwachte kurz vor Sonnenaufgang. Aus den letzten verbliebenen Sternen ließ sich kein Name formen und auch sonst nichts. Kein Zeichen, das ihm verriet, wie es weitergehen könnte. Kein höheres Wesen, das ihm etwas befahl. Keine Platane und kein Wind, der die Blätter zum Flüstern brachte. Nichts. Roland stand auf.

— Der See ist verschwunden. Die Luft ist frisch, aber dünn. Es ist, als verlöre ich ein Stück Boden unter den Füßen. Wenn das Leben nur dies sein könnte: Kurz und prachtvoll wie die Kirschblüte im Frühling. Welche Freiheit gäbe es innerhalb dieser Stadtmauern zu verteidigen? Diese Stadt, die alles besitzt außer dem Meer. Sie ist genauso gut wie jene Stadt, die nichts besitzt außer dem Meer, dachte Roland und sah über die Wiese, in der Nacht noch der See ohne Grund.

— Liebste, dir still mit einem weißen Taschentuch zuwinken, ja. Und dann soll es Konfetti vom Himmel auf dein Haupt regnen. Als würde ich mit der *Titanic* auslaufen und untergehen, wie es das Gesetz verlangt. Also kein Taschentuch und kein Konfetti. Kein *Es war leicht* oder *Es war schön*. Auch keine Flüche. Nun gehen wir nicht zusammen bis zur Ecke und trennen uns dort, weil wir es dann doch noch einmal drauf ankommen ließen. Ich bin eine Zeit neben dir gegangen, mit dir gegangen. Das war die Gegenwart. Das war Gehen im Licht. Das Fortgehen jetzt, auch das ist Gegenwart. Auch das ist Gehen im Licht. Noch bin ich hier.

Roland streichelte vorsichtig Lauras Haare und dann über das Jackett von Alain Delon.

— In dieser Welt ist nichts größer als du, Geliebte, nichts ist vollkommener. Kein Maler, kein Meister könnte mein innerstes Bild von dir wiedergeben. Aber wenn ich dich zu lieben beginne, so wie ich einst geliebt habe, verschwindet auch unser Glück irgendwann. Ich müsste genau in diesem Moment mit dir vergehen, damit wir zusammen sein können.

»Adieu«, sagte er, »nein, kein Adieu. Leb wohl.«

Und nichts würde mehr aus ihren Mündern an die Ohren des anderen dringen.

Roland zog seine Velourslederschuhe aus. Er würde sie nicht mehr brauchen, um jemanden zu beeindrucken, sich selbst eingeschlossen.

— Ich habe die Blätter flüstern hören,

dachte er in Gewissheit der Schönheit sich ewig verändernder Formen.

— Geh nun hin und werde selbst zu einem der Blätter. Sonst bleibst du auf ewig ihr Berichterstatter. Du wirst sein wie die Sonne, wie Ebbe und Flut, wie Licht und Schatten, wie aufkommender und abflauender Wind, auch wenn diese längst vergangen sind. Verwandle dich weiter, überschreite, ins Offene, ins Freie.

Der Morgen graute, als Roland fortging. Er hatte sich in Luft aufgelöst, die Luft, in der Laura fortan leben musste.

»Wer ruft nach mir?«, sagt Laura und umfasst ihr Herz mit der Hand wie zum Schutz. Durch das Fleisch und die Knochen keinen Durchlass findend, verformen sich ihre Finger zur Kralle, sieht und hört sie auch mit geschärften Sinnen den Kuckuck über ihr auf dem Glyzinienbaum, in dessen Schatten sie liegt, abwechselnd rufen und den Schnabel ins Holz treiben. Gleichzeitig spürt sie ihre kalte Hand schlaff auf ihrer Brust liegen. Über ihr erstrahlen violett die Wolken, und ein letztes Staunen entweicht ihrem Körper über die Lungen und den Mund, während der Gesang der Zikaden aufflammt und leiser, immer leiser wird, als sei er schon ein stummer Wehklang, der vom herabfallenden Schnee sanft überdeckt wird (und als der Schnee im Frühjahr schmilzt, kein Zeichen und kein Rest mehr von der Frau, die mit dem Kuckuck, den Wolken und dem Schnee gegangen ist).

Als Laura aus ihrem Traum erwachte, sah sie keinen Himmel und keine violettfarbenen Wolken über sich. Sie hörte keinen Kuckuck rufen, und es schneite auch nicht. Sie fand kein Zeichen von Roland, keinen Zettel, auch in Alain Delons Jackett nicht. Sie fand sich am Rand einer Wiese wieder, die

die Ausmaße des Sees hatte. Ohne die Sonne wähnte sie sich in einem Film in Schwarzweiß, und das machte alles nur noch realer. Sie blickte über die Wiese wie über ein Meer, endlos in die Ferne, wissend: So stirbt man also und lebt doch weiter.

— Roland ist nicht mehr da. Und der See auch nicht. Und ich glaubte fest daran, Roland weiter anzuschauen, mit ihm zu sprechen, ihn zu berühren. Mich von ihm anschauen zu lassen, mich von ihm berühren zu lassen. Jetzt hör schon auf! Ich will versuchen zu denken, ich hätte ihn mir nur eingebildet, und hatte ich das nicht auch? Aber wie bildet man sich etwas ein, wenn man selber nur von jemand anderem eingebildet wurde? Ist er dort rechts in den Wald hineingegangen?,

fragte sie sich, den Blick auf die Schwelle zwischen Wiese und Wald richtend.

— Wie ein Verbrecher hast du dich davongeschlichen, hörst du, wie ein Verbrecher. Und jetzt stehe ich hier wie jemand, der bestohlen wurde, hilflos.

Im nächsten Augenblick krempelte sie die Ärmel des Jacketts hoch und ging los, ohne sich umzudrehen. Sie stellte sich vor, Roland würde am See liegen und schlafen. Wenn sie sich nur oft genug erzählte, dass dieser Tag mit *ihrem* Fortgehen begann und nicht mit *Rolands*, vielleicht würde sie dann irgendwann daran glauben.

Odessa ist mein Honolulu

Roland konnte zwar große Schritte machen, aber nicht so große, um mit einem einzigen von seinem Balkon aus nach Japan zu gelangen. Mit dem ersten kam er bis nach Odessa, wo er einen schwarzen Kaffee auf der unendlichen Treppe trank und dazu ein Käsebrot aß. Roland versuchte, die Aussicht zu genießen, scheiterte aber an einem Pier, der genau zwischen das Meer und die Treppe gebaut worden war. Die letzten Brotkrumen bröselte er auf die Stufen für die ukrainischen Spatzen und sprang ins Schwarze Meer. Er umkurvte die Krim und schwamm immer weiter Richtung Osten, bis er an die Küste kam, hielt den Atem an und tauchte unter Georgien und Aserbaidschan hindurch, schwamm durchs Kaspische Meer und spielte ein Tennismatch gegen einen hübschen Jüngling in der kasachischen Hafenstadt Aktau. Nach seinem knappen Sieg saß er mit dem Jungen im Schatten und trank einen Tee.

»Odessa ist mein Honolulu«,

sagte Roland.

Der Jüngling schwieg.

»Würdest du mich verstehen, du könntest fragen *Warum*? Aber welche Rechtfertigung könnte es schon für alles

Tun und Sein geben? Außer vor Gott natürlich. Aber Gott ist bloß ein Wort. Nicht die Liebe oder dein Werk werden dich retten, schon gar nicht die Welt, die gleichgültige, die schweigende. Wie ein Mensch damit umgeht, wie er das Leben in seiner Dauer lebt, wie er mit der Last der eigenen Auslöschung auf den Schultern durchs Feuer geht, darauf kommt es an.«

Der Jüngling goss Roland Tee nach.

Seinen zweiten Schritt machte Roland direkt auf den Gipfel des Mount Everest. Dort herrschte schreckliche Kälte, und außerdem bekam Roland keine Luft. Mit dem dritten Schritt gelangte er schließlich nach Tokio.

Roland hielt ein Taxi an, sprang auf den Rücksitz, sprach dem Fahrer seine Hochachtung für das japanische Volk und seine Kultur aus und sagte dann ganz langsam *abc jazzclub*. Erst jetzt nahm er das bunte Blinken um sich herum wahr, das aus jeder Pore der Stadt zu kommen schien und das seine Augen anstrengte.

— Das Edgar-Flint-Quintett in Japan,

dachte Roland,

— Walter Blackman am Piano, Dennis Kemp am Alto Saxophon, Marc Wood am Bass, Jeff Twombly am Schlagzeug und Edgar an der Trompete. So etwas hat's seit den frühen 1960ern nicht mehr gegeben, als John Coltrane mit McCoy Tyner am Piano, Reggie Worman am Bass, Elvin Jones am Schlagzeug und Eric Dolphy am Alto Saxophon, der Bassklarinette und der Flöte in Europa unterwegs war.

Das *abc* war geschlossen, und auf Rolands Klopfen folgte keine Reaktion. Dann sah Roland das Plakat, auf dem das heutige Konzert abgesagt worden war.

— Dann nach Echigo,
dachte Roland.

»Dank dir für dein Telegramm«, sagte Roland in der nächsten Nacht nach dem Konzert zu Edgar.

»Wahnsinn, dass du's geschafft hast. Blöd nur mit dem ersten Konzert. Aber das wurde jetzt einfach hinten drangehängt.«

»Und ich hatte noch die Gelegenheit, einen Abstecher ins Schneeland zu machen. Lass mich davon erzählen.«

»Schneeland klingt wie aus einem Roman.«

»Die Provinz Echigo, die *Rückseite Japans*, liegt im nördlichen Zentraljapan am Meer, also ungefähr in dieser Richtung beziehungsweise leicht westlich davon«, sagte Roland und zeigte nach Norden.

»Der sibirische Wind nimmt den feuchten Atem des Japanischen Meeres auf. Riesenhafte Wolken entstehen und werden von über dreitausend Meter hohen Bergen im Landesinneren aufgehalten. Sie kühlen sich ab und fallen als Unmengen von Schnee tagelang auf die Erde nieder. In dieser Region leben die Menschen im Winter sechs Monate *unter* dem Schnee. Er liegt so hoch, dass Stromleitungen, Laternen und Telefonmasten darunter begraben sind und die Menschen Tunnel von einem Haus zum anderen graben, ohne zu wissen, ob gerade Tag oder Nacht ist. *Den Mutterleib durchkriechen* wird das genannt. Alles verschwindet im Winter, der bis in den Frühling hineinreicht. Und wer die Wege *über* den Schnee nicht kennt, bricht in das komplizierte System der Luft-, Licht- und Wegeschächte ein und bricht sich die fast erfrorenen Knochen. Alles wird zu Fuß erledigt. Die Straßen und Autos sind eingeschneit, Pferde und Schlitten zu schwer für den Schnee. Die Schneeflocken sind groß und fallen doch langsam und dicht als weißes Pulver vom Himmel. Die ganze Welt wird unsichtbar. Die Häuser und vor allem die Dächer, Dachbalken, Hauspfosten und Vordächer sind so stabil wie Tempel gebaut, damit sie die Schneemassen tragen können. Jeden Tag muss der mannshohe Schnee von den Dächern geschaufelt werden, und die Bauern nehmen sich dieser Aufgabe gemeinschaftlich an. Letztlich braucht in den Wintermonaten einfach alles einen speziell aus Zedernholz oder Bambusstangen und mit Strohmatten angefertigten Panzer, damit es nicht zugrunde geht. Jeder Baum und jeder Strauch wird entweder zusammengebogen oder hochgebunden. Und auch die Menschen müssen sich einpacken. In Tierfelle oder geflochtene Strohkleidung. Und bedenke die Vorräte für eine ganze Familie. Und die Ratten. Gut verpacken, hoch aufhängen oder außer Reichweite vergraben. Die Mengen an Brennholz. All diese Vorbereitungen müssen getan sein, bevor der Schneefall einsetzt. Wenn jemand ernsthaft krank wird, kann kein Arzt ins Dorf kommen. Wenn jemand stirbt, etwa, weil er von einer Lawine erschlagen wurde, die von seinem eigenen Dach auf ihn niedergestürzt ist, wird er auf einem Holzstoß rituell verbrannt, und seine Überreste können erst im Sommer bestattet werden. Alle leben unter einem Dach: Hühner, Ochsen, Pferde, Ziegen und Menschen. Im Juni werden dann kubikmetergroße Schneeblöcke mit Handsägen über den Reisfeldern abgesägt und von den Bauern mit Muskelkraft einer nach dem anderen weggetragen. Der Reis, der dort angebaut wird, zählt zu den besten Sorten überhaupt und wird zum Teil erst wieder im nächsten Schnee geerntet. Ich habe dort das erste Mal ein Gefühl für Dauer bekommen, fünfundzwanzig Jahre ist das her. Für Gelassenheit auch, und Ruhe. Und ich habe gelernt, was Herzlichkeit bedeutet. So einen Sommerhimmel hast du in deinem Leben noch nicht gesehen, er blaut und blaut und durchflutet dich, und wenn du zurück in eine große Stadt kommst, musst du dich erst wieder an einen geradezu minderwertigen Himmel gewöhnen. Bereits in der ersten Schneenacht fallen mindestens zwei Meter Schnee, auf das Jahr gerechnet können das bis zu hundert Meter sein. Vögel und die meisten anderen Tiere ziehen im Winter fort. Es bleiben Hunde, Katzen, Ratten, Bären und eben die Menschen, die dort zuhause sind.«

»Das klingt nach Heimweh.«

»Eine Saison ist nicht genug, um von Heimat zu sprechen.«

»Heimat kennt keine Zeit, nur ein Gefühl, das von innen kommt. Erzähl weiter.«

»Im weißen Schnee wird auch ein weißer Stoff hergestellt, Chijimi genannt, gekräuseltes Tuch, ein Kreppstoff von so hoher Qualität, wie es sonst keinen gibt auf der ganzen Welt. In einem Weiß, das so rein ist wie Schnee, mit dezent farbigen Streifen oder Sprenkeln. Hergestellt von jungen Weberinnen, die vom Schnee eingeschlossen sind. Im November, also kurz nach Einsetzen der Schneemassen, beginnen die Frauen damit, das Garn aus Ramie, einem Brennnesselgewächs, zu spinnen. Sie selbst und die Räume sind blitzsauber. Ein Faden ist dünner als ein Haar und kann nur unter dem Schnee bei hoher Luftfeuchtigkeit gezogen werden. Ansonsten würde er brechen oder es würden schwache Stellen entstehen, die reißen könnten. Anschließend wird das Garn zu langen Stoffbahnen verwebt, die zu einem Ballen gerollt werden. Im März des folgenden Jahres werden die Bahnen dann auf dem Schnee gebleicht. Das sind unendlich viele Handgriffe, unzählbar, unbezahlbar. Im Schnee wird gesponnen, im Schnee wird gewebt, mit

Schneewasser wird gespült und auf dem Schnee wird gebleicht. Schnee und Krepp, Mensch und Krepp, Mensch und Schnee.«

»Warum von jungen Weberinnen?«

»Das hängt mit ihrer Geschicklichkeit zusammen. Zwischen ihrem fünfzehnten und fünfundzwanzigsten Lebensjahr sind die Mädchen oder jungen Frauen auf dem Höhepunkt ihrer Fähigkeiten angelangt. Ihr Krepp ist von einer besonders hohen Dichte, er glänzt wie ein Diamant. Bei älteren Weberinnen schleichen sich oft Unachtsamkeiten ein, sie machen mehr Fehler und der Krepp erhält damit ein glanzloses Aussehen und wird als minderwertig eingestuft. Die höchste Auszeichnung für eine Familie ist ein spezieller Auftrag für eine auserwählte junge Weberin.«

»Aber die Weberinnen bleichen nicht.«

»Nur ausnahmsweise. Das Bleichen ist eine Kunst für sich. Gebleicht wird auf den noch von Schnee bedeckten Reisfeldern, die mithilfe eines Brettes geglättet und so gut wie staubfrei sind. Der Stoff wird über Nacht in schwacher Lauge eingeweicht, mit Wasser ausgespült und dann am nächsten Tag im Angesicht der Frühlingssonne ausgebreitet. Die volle Länge eines Ballens wird ausgerollt, mehrere Kreppbahnen liegen so nebeneinander auf dem glitzernden Schnee. Diesen Vorgang wiederholt man so lange, bis der Krepp schneeweiß geworden ist.«

»Das klingt nach einem guten Tagewerk, allerdings auch nach einem, das anstrengender nicht sein kann, ein echtes Opfer auch.«

»Kein falsches jedenfalls.«

— Etwas tun, als würde ich es nur dieses eine Mal tun können,

dachte Roland,

— und es dann wiederholen. Immer und immer wieder, als wäre es das erste und einzige und letzte Mal. Und es dann wieder tun. Einst war das Schneeland reich, einst war die Welt reich. Sie wird es wieder sein. Gehen auf dünnem Eis. Und nimm dich vor den Tigern in Acht.

»Aber wenn alles hier in so einem Tempo weitergeht, wird bald nichts mehr von Japan übrig sein«, sagte Roland.

»Ja, es ist seltsam«, sagte Edgar.

»Dieses Japan ist ganz anders als ich es in Erinnerung gehabt habe. Als wäre ich ein anderer gewesen, damals.«

»Wie hast du es denn in Erinnerung?«

»Mir scheint, als wären lauter böse Gestalten eingefallen und hätten das Land übernommen.«

»Böse Geister?«

»In Kyoto hat man mich ausgelacht, als ich nach der Katsura-Villa mit ihrer Mondscheinveranda gefragt habe. Sie sei vor Jahren dem Erdboden gleichgemacht worden, so, wie es sich gehöre, hat eine alte Frau gesagt und dann wie ein unheimlicher Vogel gelacht.«

»Aber Tatami-Matten gibt es noch«, sagte Edgar.

»Auch immer weniger. Die Leute sitzen lieber auf Plastikstühlen, die auf PVC-Böden stehen. Das Maß, verstehst du, es geht nicht um die Matten, sondern um das Maß, das verloren geht. Nicht bloß im Raum, sondern im Leben.«

»Irgendwann wird auch grüner Tee verschwinden«, sagte Edgar ironisch.

»Und unter Strafe gestellt«, fuhr Roland fort.

»Also auch kein Teegeschirr.«

»Kein Teehaus.«

»Kein Teemeister.«

»Keine Teezeremonie. Es wird böse enden mit diesem Land«, sagte Roland.

»Der Aokigahara-Wald wird abgeholzt«, sagte Edgar.

»Der Selbstmordwald.«

»An ausgetrockneten Flussbetten keine Angler mit Strohhüten auf den Köpfen, keine Bauern mit störrischen Pferden, kein Wandersmann, der eine angeleinte Schildkröte mit sich führt.«

»Und ganz am Schluss wird der Fuji abgetragen und zubetoniert.«

»So geht auch der letzte Bezugspunkt verloren.«

»Kein Vater, der seinen Jungen an der einen Hand hält und mit der anderen auf den Berg deutet. Und kein majestätischer Drache, der mit gespreizten Klauen aus einem Wolkenmeer heraufsteigt zum Berg, um von der unvergleichbaren Schönheit des Fuji zu zeugen: verhüllt im Morgennebel des Frühlings, unnahbar im gleißenden Licht des Sommers, umgeben von weichen Wolkenhauben im Herbst und hinter dichten Regenschleiern oder versteckt im lautlosen Schneegestöber des Winters.«

»Und mit dem Fuji weicht alles Glück aus dem Land.«

»Mit den Kranichen auch.«

»Und keine Hasen mehr, die sich für jemand anderen aufopfern und dafür zum Mond aufsteigen.«

»Wenn das ganze Glück aufgebraucht ist, dann ist das Ende wenigstens nah.«

»Ruhig, Roland, ruhig, das ist nur die Gegenwart«, sagte Edgar und legte seine Hand auf Rolands Schulter, so wie der Freund es damals im Auto bei ihm getan hatte, als er ihn vom Flughafen abgeholt hatte.

»Als wir *Rusty Bagpipe Boogie* gespielt haben, hast du den Blues getanzt, und hinter dir an der Wand entstand im Schattenspiel der Fuji«, sagte Edgar plötzlich.

»Das klingt wie eine Legende, die aber erst in hundert Jahren erzählt werden wird.«

»Aus der dann etwas Vergessenes wieder neu entstehen könnte.«

»Ich werde mich auf die Suche nach einem neuen Rhythmus machen müssen.«

— Du hast ihn ja schon längst gefunden,

dachte Edgar, und sie umarmten sich wie zwei, die sich ein volles Jahrhundert nicht wiedersehen würden.

Erst einmal für immer

Noch in derselben Nacht machte Roland einen Schritt von Tokio nach Kalkutta, aß eine Portion Reis mit Auberginen, Rahmkäse und Mandeln und trank einen Mangosaft dazu.

Mit dem zweiten Schritt erreichte er Athen und stieg zur Akropolis hinauf, wo er sich auf die Stufen des Parthenons setzte und aufs Meer hinaussah.

Mit der aufgehenden Sonne überschritt er Mazedonien, Serbien, Ungarn, Österreich und Tschechien und gelangte zurück in die Stadt, in der er seine Reise begonnen hatte.

Rolands Verstand war lichter als der Tag. Er hatte einen der letzten Kartons mit Habseligkeiten in das kleinere der beiden Zimmer seiner Wohnung getragen und sie dort bis unter die Decke gestapelt. Beim Einräumen war ihm das Obstmesser in die Hände gefallen, das Katharina ihm in Italien gekauft hatte. Katharina und er hatten damals gedacht, ihre Beziehung und die Dinge, mit denen sie sich umgaben, würden für immer Gültigkeit besitzen. Das Obstmesser war das letzte Relikt aus dieser Zeit, das er noch besaß, von seinen Erinnerungen abgesehen. Nicht mal ein Foto von Katharina besaß er noch. Roland ließ das Messer in einen der Kartons fallen. Nicht für gewisse Zeit, für eine Woche oder ein paar Monate, abgestellt in einer Garage, auf einem Dachboden oder in einer professionellen Lagereinrichtung, sondern endgültig, so hatte er beschlossen, begleitet manchmal durch Ausrufe wie *Endlich, endlich!*

Roland schlug eines seiner Bücher auf und begann, laut vorzulesen:

»Ich begreife mein Verharren in diesem immer gleichen Leben, diesem Staub, diesem Schmutz an der Oberfläche des Nie-Veränderns einzig als ein Fehlen persönlicher Hygiene.«

Roland schlug das Buch wieder zu. Er stellte sich vor, es würde sich selbst fortschreiben, ausgerichtet an seinem Leben. Oder war es genau andersherum?

Je leerer die Wohnung wurde, desto neuer, großzügiger und einladender wirkte sie auf ihn. Und er widerstand jeder Fata Morgana, die sich sogleich in seiner Fantasie vor ihm aufzubauen begann. Die letzten Bilder, die sich an den Wänden befanden, waren diejenigen, die Roland immer am liebsten angesehen hatte: die ungerahmte Fotografie mit dem Portrait eines russischen Dichters, der vom Balkon des St. Petersburger Literaturhauses auf einen Platz blickte, eine gerahmte Zeitungskritik aus den 1940er Jahren über das Debütwerk eines französischen Schriftstellers und eine signierte Postkarte eines amerikanischen Tenor-Saxophonisten, die er in den Rahmen geklemmt hatte. Roland nahm sie von der Wand ab und legte sie zu den anderen Dingen. Er ging in die Küche und setzte einen Kaffee auf, öffnete die Balkontür und ließ den Himmel herein. Unten fuhren Autos vorbei, Leute kamen vom Einkaufen oder gingen spazieren, gegenüber im ehemaligen Schokoladenfachgeschäft konnte man jetzt moderne Kleidung und Schuhe kaufen.

— Ein kleines Kino wäre schön gewesen,

dachte Roland,

— in dessen Dunkelheit man sich auch tagsüber flüchten könnte, mit einer Verabredung vielleicht, mit Sorgen oder auch einfach nur zum Zeitvertreib.

Eine Alte, die ihren Pekinesen oder Zwergpinscher ausführte, ging am Laden vorbei.

»Obacht, Madame, in dem parkenden Lieferwagen dort steckt ein Drache«, rief Roland hinunter, aber sie beachtete ihn nicht.

»Madame, was Sie da unter Ihrem Kleidchen tragen, ist wirklich nicht schön anzusehen.«

Dieses Mal reagierte sie und wollte ihm mit der Faust drohen, merkte aber, dass sie den Pekinesen oder Pinscher würgte, weil sie in eben dieser Hand die Leine führte, und da drohte sie ihm mit der anderen Faust, aber Roland war schon wieder in die Küche gegangen. Das Klingelschild. Als er es abmontierte, witterte er schon den Kaffeeduft.

Alles, was Roland bereits am Vortag auf die Straße gestellt hatte, Vorhänge an Stangen, zwei Stühle und einen kleinen Tisch, Bücher und zwei Regale, war restlos verschwunden.

— Mieses Aasgeier-Pack,

dachte er,

— ich danke euch.

Nach dem ersten Kaffee trank er noch einen zweiten und rauchte eine Zigarette. Zu den Dingen, die er in zwei kleinen Tweedkoffern mitnehmen würde, gehörte auch ein alter Füllfederhalter samt Tintenfass. Des Weiteren ein Notizbuch, zwei Sätze Wäsche und praktische Schuhe, grüner Tee, ein kleines Sieb und eine Tontasse, Kerzen, Feuerzeuge, Taschenmesser und Besteck, Zahnbürste, Zahnpasta, ein Rasiermesser und ein Plastikzebra als letztes Überbleibsel mit Sentimentalitätswert.

— Du bist ein Verbrecher, der alle Zeugen ausschaltet, die dich verraten könnten,

dachte Roland,

— aber was könnten sie schon von dir verraten, was dich vor wem und vor welchem Gericht in Bedrängnis bringen könnte?

Roland fühlte sich wie Judas und Jesus zugleich, wie jemand, der erst ein Verräter war und dann ein Erretter. Aber er würde sich ja nicht selbst verraten. Und sich in diesem Sinne auch nicht selbst erretten. Judas, Jesus, Verräter, Erretter, das waren Namen, die andere einem geben. Andere, die verraten werden wollten oder errettet. Roland wollte für keinen von ihnen den Hampelmann spielen.

Nachdem Roland eine halbe Stunde geschlafen hatte, stand er mit dem ersten Gedanken auf, der ihm in den Sinn kam, setzte sich sogleich an den Küchentisch und begann einen Brief an Karl Durant zu schreiben. Roland vergaß nichts von dem, was zu regeln war. Seine konzeptuellen Überlegungen im Zusammenhang mit seiner Kunst hatten ihn über die Jahre zu einer Präzision geführt, wie sie einst Giotto besessen hatte, als er freihändig einen fürs menschliche Auge perfekten Kreis gezeichnet hatte.

Nachdem Kartons, Möbel, Tüten und der restliche Kleinkram von einem Unternehmen, das für eine kirchliche Einrichtung arbeitete, abgeholt worden waren, hatte die Wohnung etwas gänzlich Unpersönliches angenommen. Keine noch so winzige Kleinigkeit deutete darauf hin, dass Roland Steinberg in dieser Wohnung mehr als fünf Jahre gelebt hatte.

Roland legte den Wohnungsschlüssel, den Brief an Karl Durant, einen ganzen Stapel anderer Dokumente, die Briefe an Edgar, Laura, Pierre und Katharina in einen mit Adresse und Briefmarke vorbereiteten, großen Umschlag, klebte diesen zu und legte ihn zu den beiden Reisekoffern neben der Eingangstür. Erleichterung stieg in ihm auf. Er fühlte sich wie jemand, der noch einmal mit dem Leben davongekommen war, zum wiederholten Mal.

Roland war nun einen Schritt beiseitegetreten, er war bereit, seinen Platz in der Welt wie er sie kannte aufzugeben. Er wollte alles, was er wusste, nach und nach vergessen, vielleicht auch seinen Namen und wie er bis jetzt gelebt hatte. Das sollte ihn nicht zu einem *Ausgestoßenen des Weltalls* machen, eine Bezeichnung, die er in einem Buch gelesen hatte, sondern zu einem freien Mann, der war, wie sonst noch niemand war: ohne Ende.

Plötzlich klingelte es, und ein Bote stand mit einem Paket für Roland Steinberg in der Hand vor der Tür.

»Der wohnt hier nicht mehr«, sagte Roland,

»ist unbekannt verzogen.«

Der Bote möge das Paket wieder mitnehmen. Roland schaute nicht einmal aus Neugierde auf den Absender. Als der Postbote die Stufen hinunterging, hörte er hinter sich die Wohnungstür mit einem ungewöhnlich lauten Knall zuschlagen.

Roland findet sich ziellos durch die ewige Stadt streifen, bevor er zum Palazzo Sacchetti in der Via Giulia geht. Die Wohnungstür im ersten Stockwerk steht offen. Der Fußboden im Flur ist übersät mit beschriebenen Papieren, Zigarettenkippen und Asche, die Luft ist verbraucht. Auf einem der Blätter steht: *»Ich will dich, für's Leben! (Welch sehnsuchtsvoller Gedanke, der sich über einen Ozean hinweg nicht in mir, nicht an meinem alternden Körper verwirklichen wollte; gleich nachdem ich es zu ihm gesagt hatte, wurde die Telefonleitung unterbrochen; als hätte ich mein ganzes Leben allein in Vorbereitung auf die Begegnung mit ihm hingearbeitet; auf mein Telegramm hin ist er dann sofort gekommen, und ein Wort hat das andere ergeben; warum musste er sich denn noch in der selben Nacht in die Arme dieser Schauspielerin werfen; dabei habe ich selber vier Verhältnisse im letzten halben Jahr gehabt; neuer Lebensmut ist nur zum Tod hin möglich; wie zärtlich mich die Dinge jetzt anlächeln; ich könnte mich wieder in die Arbeit stürzen, mich aufrichten durch Arbeit; mein eigenes Werk ist ein Fels, der Raum und Zeit überdauern oder doch zu Staub zerfallen wird; als habe die Welt erst durch mein Schreiben ihren zauberhaften Anblick verloren; nicht Worte, eine Geste: Ich werde nicht mehr schreiben.)*

Eine getigerte Katze huscht zur Tür heraus. Aus einem der Zimmer ist leise Musik zu hören, ein Rascheln dazu, ein Seufzer, der sich zu einem Stöhnen ausdehnt. Roland geht auf Zehenspitzen und lugt vorsichtig ins Zimmer, das Schlafzimmer. Im selben Moment nickt die Frau, die lange so dagesessen haben muss, ein und ihr Kopf sinkt ins Kissen. Zwischen den Fingern ihrer linken Hand hält sie eine Zigarette, deren Glut noch heiß ist und tiefrot-hellorange leuchtet. Die Zigarette senkt sich dem Bettlaken entgegen und droht, dieses zu entzünden. Roland betritt das Zimmer und nimmt der Schlafenden die Zigarette aus der Hand. Als er an der Zigarette zieht, bemerkt er die vielen Flecken auf ihrem Körper.

— Brandwunden,
denkt Roland.

— Nicht nur an ihren Armen, auch an den Beinen, auf dem Bauch.

Roland nimmt noch einen Zug von der Zigarette und drückt sie im überfüllten Aschenbecher aus. In der Küche findet er im und um den Mülleimer herum leere Tablettenschachteln, Beruhigungsmittel. Roland durchsucht die Wohnung nach weiteren Tabletten, Zigaretten und Alkohol. Er füllt zwei große Abfallbeutel.

Roland nimmt aus der Kommode frische Wäsche und legt sie auf einen Stuhl, den er neben das Bett stellt. Er schreibt eine kurze Nachricht für die Frau und legt sie zu den Sachen auf dem Stuhl.

— Nur dieses eine Mal kann ich dir helfen, darf ich dir helfen,

denkt Roland,

— weil du mir mit deinen Büchern geholfen hast.

Dann steht er noch einige Minuten auf der Schwelle und sieht sie ruhig atmen. Vorsichtig zieht er hinter sich zu. Auf dem Zettel steht: »Du bist immer mutig gewesen. Sei auch weiterhin mutig zum Sein.«

Roland sah Regen in Schnee übergehen und Schnee wieder zu Regen werden. Er sah Knospen an Apfelbäumen sprießen, sah Äpfel wachsen, zu Boden oder in die Körbe fleißiger Jungen und Mädchen fallen.

Nach einer Dammsprengung sah er einen Biber verzweifelt nach dem Weibchen und den Kindern Ausschau halten. Er hörte die Klagelaute des Tieres und begann mit ihm zu klagen, stundenlang, bis das Tier verschwand.

Unzählige Kirschblüten vergingen, und jedes Mal ließ sich Roland durch die herabfallenden Blüten segnen.

Roland stieg die Trittstufen des Zuges hinab auf den Bahnsteig, die Griffe der beiden Koffer fest mit seinen Händen umschlossen, die abgetragenen Schuhe mit einem doppelten Knoten geschnürt und den Mantel trotz sommerlicher Temperaturen bis oben hin zugeknöpft - am Ausgangspunkt seiner Fahrt hatte Winter geherrscht.

In der Dampflok gab jemand das Signal zur Abfahrt, und als der Zug anrollte, hielt sich Roland für jemand anderen, der vor langer Zeit einmal die gleiche Reise unternommen hatte und hier ausgestiegen war. Er kniff sich in den Arm, klopfte sich erst auf die Brust, dann auf die Oberschenkel und biss in den kleinen Finger seiner linken Hand. Es war kein Traum. Er war wirklich hier an diesem Bahnhof, auf diesem Bahnsteig.

Roland bemerkte die seltsam bräunliche Farbe des Asphalts, auf dem er stand.

— Auch das Licht scheint anders zu fallen,

dachte Roland,

— und selbst das Blau des Himmels stimmt nicht ganz.

Roland kam der Gedanke, er sei vielleicht zu weit gereist und in einer anderen Welt, in einer anderen Zeit auch, angekommen.

— Du bist nicht in einer anderen Welt angekommen, sondern genau dort, wo du hin wolltest.

Nicht mal ein Bahnhofsvorsteher hatte sich auf dem verwaisten Bahnsteig sehen lassen.

Behutsam stellte Roland die Koffer auf den Boden, so, als würden sie vielleicht auf diesem Untergrund mit der seltsamen Farbe gar nicht stehen bleiben, sondern umfallen oder gar einsinken.

Er knöpfte den Mantel auf, und darunter ragten drei nassgeschwitzte und zerknitterte Oberhemden, die er übereinander trug, hervor, ihre Kragen allesamt schmutzig. Rolands Gesicht war ausgezehrt und müde, einige Haarsträhnen klebten an seiner Stirn, auf der unaufhaltsam die ersten Falten entstanden waren.

— Ich bin wohl außer Reichweite,

dachte Roland,

— hier wird mich dieses und jenes, das ich im Rücken spürte, dieser und jener, der mir nachjagte, nicht mehr einholen. Keine Stimmen mehr, die realen nicht und die gespensterhaften im Kopf auch nicht.

Roland griff in die Innentasche seines Mantels nach Zigaretten, aber er griff ins Leere, und nachdem er diese Leere durchsucht hatte, zog er die Hand wieder heraus und ließ sie herabfallen, als gehörte sie gar nicht ihm.

— Du Dummkopf,

dachte Roland,

— wie kommst du eigentlich darauf, dass sich Zigaretten in deinem Mantel befinden könnten?

Er versuchte sich daran zu erinnern, wann er zum letzten Mal in die Manteltasche gegriffen hatte, um eine Schachtel herauszuziehen und eine Zigarette zu rauchen, aber er scheiterte. Auch die Streichhölzer suchte er vergeblich in seinen Mantel- und Hosentaschen.

Roland sah auf seine Tweedkoffer. Darin befand sich alles, was er noch besaß. Er hatte die Koffer einst in seinem Elternhaus vom Schrank genommen und beinahe wahllos Kleidung und Schuhe hineingeworfen, wie einer, der nicht viel Zeit zum Packen hat. Die Hemden hatte er auch damals schon übereinander angezogen, weil sie nicht mehr in die Koffer passten. Erstaunt war er dann darüber, dass die vollgepackten Koffer nicht einmal schwer waren. Dann war er, ohne sich noch einmal nach seinem Elternhaus am Rande der Kleinstadt umzusehen, in die winterliche Nacht hinausgegangen und hatte sich von den Lichtern der Großstadt anziehen lassen.

Rolands wertvollster Gegenstand, den er damals als einzigen bewusst ausgesucht, sorgsam in ein Stück Leder gewickelt und in einem der Koffer verstaut hatte, war der Füllfederhalter seines Vaters. Nach dessen Tod vor vielen Jahren war der Füllfederhalter zu einem Erbstück geworden. Nie wieder würde Rolands Schicksal nunmehr im Geschäftlichen oder Privaten durch die Unterschrift des Vaters bestimmt, sondern nur noch durch seine eigene Unterschrift.

Roland würde sich selber loben, wenn ihm etwas gelungen war. Und er würde sich selber tadeln, wenn ihm etwas missglückt war. Er würde gerecht und schonungslos zu sich selber sein, und wenn es notwendig sein würde, wollte er sich auch selber richten.

Roland war nicht aus seinem Elternhaus geflüchtet oder weggelaufen. Er war aufgebrochen, damals schon, ziellos, aber auch, um nicht mehr zurückzukehren.

Roland fragte sich, ob das Herz des Vaters durch das Verschwinden des Sohnes gestottert oder ob es im gleichen harten, erbarmungslosen Takt weitergeschlagen hatte, und er antwortete seinem Gewissen, dass er weder dem Vater noch sich selbst eine Antwort schuldete.

— Selbst nach seinem Tod will er noch aus der Erde, in der seine Überreste ruhelos liegen, heraus herrschen über Haus, Grund und Blut, auch wenn da niemand mehr ist in dem längst unbewohnten Geisterhaus.

Von diesem Menschen sollte er abstammen?, fragte sich Roland. Gleichzeitig fühlte er sich wie jemand, der von nichts und niemandem abstammte.

— Eine Hutfabrik weiterführen,

dachte Roland,

— seine Hutfabrik. Als habe er von Anfang an nur vorgehabt, einen Dummen zu zeugen, einen Jungen naturgemäß, der seine Hutfabrik weiterführte. Und welche Zukunft hätte ein Mädchen gehabt? Er hätte es im Fluss ersäuft wie einen Hund. Und ein zweites Mädchen? Erschlagen und im Wald verscharrt, gleich neben der Mutter.

Die Hebamme war mit dem Jungen auf dem Arm aus dem Zimmer der Mutter gekommen und hatte ihn in die Arme des Vaters gelegt. Der hatte sofort *Roland* gesagt und war mit großer Freude über einen Sohn zu seiner Frau gestürmt, die er aber nur noch tot im Bett liegend vorgefunden hatte. Das war zumindest die Geschichte, die der Vater immer und immer wieder erzählt hatte.

»Vom Gipfel der Freude«, hatte der Vater dann gesagt, »ins Tal größter Niedergeschlagenheit und Trauer.«

Nicht mal ein Hochzeitsfoto hatte der Vater von sich und seiner Braut behalten, er hatte alles vernichtet. Roland, der sie nie kennengelernt hatte, versuchte sich die Mutter vorzustellen, aber es war ihm nicht gelungen. Konnte er den wenigen Worten des Vaters Glauben schenken, was den Tod seiner Mutter betraf?

Wenn Roland jetzt, auf diesem Bahnsteig stehend, aufsähe, würde er eine Frau vor sich stehen sehen. Es wäre die Mutter, könnte nur diese sein. Ganz ruhig und selbstverständlich würde sie vor ihm stehen. Lächelte sie ihm zu?

»Mutter – «

Hätte Roland das gesagt?

Woran hätte er sie erkennen können? Er stellte sich vor, wie er an ihr wie an einer Fremden auf dem Markt vorbeigegangen wäre, ohne sie zu erkennen.

— Aber sie hätte dich erkannt,

dachte Roland,

— neun Monate hat sie dich in sich getragen,

dachte Roland,

— und einen Augenblick hat sie dich auch von Angesicht zu Angesicht gehabt. Sie hätte dich erkannt, sogar als alten Mann hätte sie ihr Kind erkannt, und daran wiederum hättest du sie erkannt. Wie jung und schön sie wäre, ein Feld frischer Sommerblumen.

Roland stellte sich die Mutter als immer jung gebliebene Frau vor. Er dachte auch, dass sie, wenn er jetzt aufsehen und sie vor ihm stehen würde, viel jünger sei als er, zwanzig Jahre jünger.

— Ich könnte jetzt ihr Vater sein, und sie würde mir ähnlich sehen und nicht ich ihr,

überfiel es ihn, aber als er den Kopf hob, der auf seine Brust gesunken war, war sie nicht da, stand da kein Kind vor ihm mit Blumen im Haar und auch keine Mutter. Es herrschte Totenstille.

Um Roland herum begann sich die Welt zu drehen, und das vage Bild der Frau verschwand im Fluss der unbarmherzigen Zeit, die sich weder vorstellen noch zurückdrehen ließ.

Sooft er auch versucht hatte, dem Geheimnis um seine Mutter habhaft zu werden, es würde ihm ohne den Vater, der es als Einziger kannte, nicht gelingen. Und mit den Augen des Vaters hatte sich der Zugang zur Wahrheit für immer geschlossen. Roland würde blind bleiben, denn er hatte den Vater nie zur Rede gestellt.

— Ich hätte ihn zwingen müssen, mir alles zu erzählen,

dachte Roland.

— Erst hätte ich mich selbst zwingen müssen, mit ihm zu sprechen, dann hätte ich ihn zwingen müssen, mit mir zu sprechen. Jetzt bestehen die Antworten und die Wahrheit bloß noch aus Asche.

Roland sah den Vater aus dem Zimmer mit der Toten stürzen und sich in sein Arbeitszimmer flüchten. Dort blieb er. Das Kind Roland hatte lange Zeit nicht gewusst, wer der Mann war, der dort hinter verschlossener Tür im Zimmer saß. Als er alt genug war und verstand, was das Hausmädchen zu ihm sagte, begriff er es doch nicht.

»Das ist dein Vater«, hatte sie gesagt.

Selten, wenn die Tür einen Spalt breit offen stand, hatte er den Mann von hinten gesehen, wie er an seinem Schreibtisch saß. Er hatte nie mit dem Hausmädchen und ihm zusammen zu Abend gegessen oder gefrühstückt, sie hatten am Wochenende keine Ausflüge zusammen unternommen, er hatte sich auch nicht erkundigt, wie seine Fortschritte bezüglich des Lernens aussahen. Das Hausmädchen hatte ihm stets mit der gleichen Begründung auf all seine Fragen geantwortet, sein Vater habe zu arbeiten. Und wenn Roland aus der Schule nach Hause kam, hatte er sich meistens in sein Zimmer verkrochen, so, wie er es von dem Mann, der sein Vater war, kannte.

— So ist auch die Furcht vor ihm in mich eingezogen, dachte Roland.

— Mit welcher Ausdauer er nicht da war. Tag für Tag derselbe Tag, als hätte ich ihn einmal gesehen und dann eine Ewigkeit nicht mehr.

Die Initialen, die in den Füllfederhalter eingraviert waren, waren die des Vaters. Aber es waren auch gleichzeitig Rolands

Initialen. Und der Name, der auf dem Schild über dem Eingangstor der Hutfabrik thronte, war der des Vaters und des Sohnes. Der Vater hatte Roland weder Lesen noch Schreiben gelehrt. Aber er hatte ihm die Hand geführt, erst als Kind, und selbst dann noch, als Roland die Schule beendet und die ersten eigenen Geschäfte abgeschlossen hatte. Zwar hatte Roland mit *seinem* Namen Verträge unterzeichnet, aber es kam ihm immer so vor, als hätte er es als ein willenloser Stellvertreter seines Vaters getan. Dabei hatte er wie ein Prinz gelebt, solange er getan hatte, was sein Vater von ihm erwartet und verlangt hatte. Innerhalb der Grenzen der Fabrik hatte Roland alle Freiheiten gehabt, Veränderungen und Verbesserungen für die Zukunft vorzunehmen, so weit konnte selbst der Vater vorausblicken. Aber wenn Roland einmal eine Reise unternehmen wollte, die nicht geschäftlicher Natur war, verbot es ihm der Vater. Bei der kleinsten Reaktion auf ein solches Verbot, und gab es nicht unzählige solcher Verbote?, beschimpfte ihn der Vater dann als undankbar. Wenn Roland versuchte, sich und seine Bedürfnisse zu erklären, drohte ihm der Vater nach den ersten Sätzen jähzornig und mit aller Strenge damit, ihm die Zunge herauszuschneiden, würde er weitersprechen.

— Aber seine Kraft hast du geerbt,
dachte Roland,
— und sie wird dich auch jetzt nicht verlassen.

— Er hat dir die Schuld am Tod seiner Frau gegeben. Um den Schmerz zu bewältigen, nein, um ihn zu betäuben. Erst einen Tag, dann noch einen, und schließlich bis aller Tage Abend.

Als Roland von seinen Koffern auf- und um sich sah, fiel sein Blick auf das Schild, auf dem in fetten, schwarzen Lettern der Name der Stadt, in der er angekommen war, geschrieben stand. Es war an einem kleinen Schuppen befestigt, und unterhalb des Schildes stand eine Holzbank. Zum ersten Mal hatte Roland dieses Ensemble im Jugendalter auf einem Foto gesehen. Heimlich hatte er wahllos eines der vielen Bücher aus der repräsentativen Bibliothek seines Vaters herausgezogen und darin geblättert. Das eher kleinformatige Foto hatte Rolands Aufmerksamkeit sofort auf sich gelenkt. Zwar hatte er damals vorschnell gedacht, es hätte sich auf dem Foto um einen beliebigen Bahnsteig in einer beliebigen Stadt handeln können, nur der Name auf dem Schild gebe Aufschluss darüber, in welcher Stadt das Foto entstanden war. Aber dann hatte er weitergeschaut und die Holzbank darunter gesehen, den Schuppen auch und einen Teil des Bahnsteigs. Lange hatte er das Foto angesehen, dessen stilles Leben ihm damals Sicherheit und Schutz geschenkt hatte. Und als er nicht mehr ohne es sein wollte, hatte er die komplette Doppelseite vorsichtig aus dem Buch herausgetrennt, um keine Spuren zu hinterlassen. Er hatte das Foto ausgeschnitten und das restliche Papier im Ofen verbrannt. Seit diesem Tag hatte er das Foto in seinem Portemonnaie bei sich getragen und es manchmal angesehen, wenn ihm danach war. Den Namen der Stadt hatte er dann vor sich hingeflüstert, niemals hatte er ihn anderen gegenüber erwähnt.

— Mit wem hättest du auch über diese Stadt sprechen sollen oder können?,

dachte er,

— mit niemandem.

Alles hier sah ganz genau so aus wie auf dem Foto, das Roland immer noch bei sich trug. Er musste es nicht erst vergleichen. Er ging zu dem Schild, betastete es ungläubig mit den Fingern und strich dann wissend einige Male mit der ganzen Hand darüber, als würde er es streicheln. Er setzte sich auf die Bank und stellte sich vor, wie ihn nun auch das Foto in seinem Portemonnaie unter dem Schild auf der Holzbank sitzend zeigen würde, er dachte, er habe sich auch schon früher, als er das Foto betrachtet hatte, auf der Bank sitzen sehen.

Roland überlegte, wann er den Vater zum letzten Mal gesehen hatte. Er erinnerte sich nicht. Auf die Gleise blickend, dachte er, in diesen Bahnhof werde nie wieder ein Zug einfahren.

— Der Vater wird nicht kommen,

dachte er.

Niemand würde kommen, Laura nicht, Katharina nicht, Pierre nicht, Edgar nicht, Karl Durant nicht, der treue Céleste nicht, auch keiner, den der Zufall geleitet hätte, niemand, der vielleicht auch von dieser Stadt durch ein Buch erfahren haben könnte und mit dem er wenigstens diese eine Gemeinsamkeit teilen würde.

— Diese Stadt ist nun meine Stadt geworden,

dachte er,

— wenn sie es nicht schon immer gewesen ist. Gewiss wird sie es bleiben.

Kein Vogel würde in den wie Denkmälern dastehenden Bäumen landen und seinen Gesang anstimmen. Kein Windhauch brächte die Blätter zum Rascheln, Rauschen oder gar zum Flüstern. Roland würde gleichgültig durch die menschenverlassenen Straßen irren, bis er am Rand der Stadt eine Pension gefunden hätte. Aber auch in der Pension wäre niemand. Er würde sich ins leere Gästebuch eintragen und das erste Zimmer auf dem Gang betreten. Das Einzelbett wäre frisch gemacht und sauber, es gäbe sogar einen Schreibtisch, auf den er den Füllfederhalter legen könnte, einen Schrank und ein kleines Waschbecken mit einem Spiegel. Vor dem Fenster wäre ein Vorhang, den er auch am Tag zuziehen könnte. Dort würde ein Mensch ohne Biographie, ohne Vergangenheit und ohne Zukunft aus ihm werden. Roland würde ganz leer sein.

War das nicht sein Name, den jemand weit hinter ihm rief? Und war die Stimme nicht eine vertraute, ja, mehr als das, eine geliebte?

Im Jugendalter war Roland in einem Stück Holz, in einem Stein, im Wasser, im Feuer begraben worden. Nun hatte er das Holz zersplittert und den Stein gesprengt, hatte sich aus dem Wasser als Fontäne und aus dem Feuer als Phönix erhoben.

Roland stand von der Bank auf und machte sich ohne seine Koffer auf den Weg, zittrig zuerst, aber mit jedem Schritt sicherer, dorthin, wo er das Reine atmen konnte, dorthin, wo eine Welt für ihn war, in der er bereits aufzugehen begann